El sendero
de las flores

Ricardo Cuéllar Santín

Juan Ignacio Ortega

Fotografías: Juan Ignacio Ortega
Diseño de portada: Jorge Lépez Vela
Diseño de interiores: Ricardo Cuéllar Santín
Revisión de estilo y ortográfica: Patricia Elena Sánchez Celaya

Primera edición, 2022, Ediciones Quinto Sol
© Ricardo Cuéllar Santín y Juan Ignacio Ortega
© Ediciones Quinto Sol
       Ignacio María Barrera, núm. 149
       Col. El Rosario
       Iztapalapa, Ciudad de México. C. P. 09930
       Tel: 55 5566 8513
       Correo electrónico: ventas_qs@yahoo.com.mx

ISBN: 978-607-8520-75-6

Impreso en México / *Printed in Mexico*

Índice

Corpus

Juan Ignacio Ortega

Soñé con un hogar juntos.
Con pisos suaves para andar descalzos.
Una habitación con rectángulos mágicos, de esos que los abres y
escuchas voces de personas sabias.
Una ventana grande, para que la luz atraviese tu vestido y encien-
da mis sentidos.
Pero tu cuerpo sigue inerte.
Sobre el piso alfombrado.
Junto a las palabras perdidas.
Oliendo a muerte.

@.com

Ricardo Cuéllar Santín

No cabe duda: las redes sociales han cambiado la vida de mucha gente. A mí en lo particular me han hecho ser un padre y un esposo ejemplar, cariñoso con mi mujer y amoroso con mi hija.

Pero ahora que está por nacer mi segundo hijo, quiero relatar lo que ocurrió.

Hace años era renuente a aceptar cualquier tipo de tecnología desconocida. A las computadoras, tan modernas, y por supuesto el Internet, los consideraba artilugios a los cuales me era imposible acceder. Si entre mis amigos la conversación versaba sobre eso, prefería apartarme hasta que volvieran a hablar de política, religión o futbol.

Pero, un día, me quedé sin trabajo. Era necesario actualizarme. Comencé por el Internet, y me gustó. Al poco tiempo me consideraba un experto. Navegaba desde temprano hasta tarde, de un lado a otro de la red, unas veces buscando trabajo, otras curioseando, abriendo cuanta liga apareciera en el monitor.

Pronto, gracias al Internet, conseguí un buen empleo. Sin embargo, mi afición a seguir navegando no solo no menguó, sino que se incrementó cada vez más y más.

En cierta ocasión que estaba de ocioso, picándole aquí y allá a cuanta página me llamaba la atención, por curiosidad entré a una donde se invitaba a tener comunicación con personas que buscaban pareja. Para ser admitido debía ingresar mis datos.

Como el sitio no me dio mucha confianza, estuve a punto de dejarlo de lado y seguir navegando por otros lugares. Pero la curiosidad se había sembrado en mí, así es que, sin pensarlo demasiado, finalmente completé los requisitos. Al cabo de un clic ya me encontraba dentro. Pronto, me vi chateando con una mujer.

Comenzamos a conocernos mientras platicábamos de cosas sin importancia: de su edad y de la mía, de sus gustos, de los míos y cosas por el estilo. En pocos días nos hicimos íntimos amigos, y hasta llegamos a conocernos muy bien.

Como era de esperarse, le pedí que nos conociéramos personalmente, pero ella tenía sus ocupaciones y yo las mías.

La reunión tan esperada se fue postergando, primero semanas y luego meses, hasta que se cumplió un año. Ella es de una ciudad del sur del país, y yo vivo en una bonita ciudad del noroeste. La distancia entre nuestros respectivos hogares no ha sido fácil de salvar, pero eso no impidió que entre nosotros surgiera un amor especial. Aunque no habíamos podido vernos en persona, sino solo por fotografías, nos conocíamos a la perfección.

No es difícil pensar que terminé por declarármele. Por supuesto, lo hice sintiendo el nerviosismo de quien lo hace frente a la persona amada. Tiempo después, ella me confesó que también sintió los nervios de quien debe tomar una decisión que puede cambiar su vida. Recuerdo que titubeó un poco. Yo esperaba impaciente que, en mi monitor, apareciera el anhelado "Sí", y a lo mejor hasta un "Me has hecho la mujer más dichosa del mundo, si no me lo hubieras pedido habría muerto de tristeza", o algo así.

Pero, en vez de eso, apareció el siguiente texto:

"Tú sabes que te quiero, y no imaginas lo halagada que me haces sentir con tu petición, pero no quiero precipitar las cosas, te pido que me permitas pensarlo un poco".

No sé por qué intuía que podría responderme así, lo que hizo que aquilatara todo el amor que le tenía. No pude dormir esa noche pensando lo que haría si me daba una negativa al día siguiente. Por fortuna, su respuesta fue un "Sí" rotundo. Desde ese día, nos hicimos novios.

A partir de entonces, todos los días nos comunicábamos en la mañana y en la tarde, y no había noche en la que no nos despidiéramos con un beso amoroso y un abrazo apasionado, después de habernos prodigado, por supuesto, las caricias más efusivas (es decir, todo ello, tanto como lo puede permitir la comunicación por Internet).

Con el tiempo, nuestra pasión creció aún más. No vivíamos para otra cosa que para llegar a nuestras respectivas casas después del trabajo y pasarnos, a veces las noches enteras, disfrutando de nuestro amor.

Pero como todo (irremediablemente) debe cumplir su respectivo ciclo, llegó el momento en que debí decirle que nuestra relación no podía seguir igual. Era necesario que comenzáramos a pensar en formar una familia: obviamente, le pedí que fuera mi esposa. Entonces, en la pantalla comenzaron a aparecer varios de los signos que ambos manejábamos muy bien: unas lágrimas de emoji me hicieron ver que estaba feliz. Yo mismo apreté teclado y *mouse* para hacerle ver que también estaba llorando.

Éramos felices, quién podría negarlo. Ahora debíamos fijar la fecha para nuestra boda. Sería cinco meses más tarde, cuando nuestras respectivas vacaciones coincidieran.

El tiempo se nos hizo eterno. Pero pasó y, por fin, únicamente faltaban un par de semanas para nuestro encuentro. Ya habíamos decidido quiénes serían nuestros testigos y hasta contactado a un juez. Solo que, cerca de la fecha, ambos tuvimos contratiempos. Si bien es cierto que habíamos ahorrado para comprarnos una casa, nunca tuvimos el tino de decidir si sería donde ella vivía, o donde yo. Además de esto, debido al abrumador trabajo acumulado, nuestras vacaciones —y nuestro encuentro— tuvieron que ser pospuestos.

Pero no había problema: podríamos casarnos vía Internet.

Mis amigos estarían presentes conmigo durante la boda, y los amigos y familiares de mi esposa, con ella. No hubo complicaciones legales, ambos dimos el "sí" mediante una firma digital y, en un instante, éramos marido y mujer.

La luna de miel fue maravillosa: viajamos juntos a Europa, nos paseamos por el Vaticano y luego nos pasamos a visitar algunos países lejanos y otros exóticos. Fuimos a Egipto, Japón, Australia, y por fin terminamos en la India, lugar de nuestros amores. Esto nos llevó varias semanas porque, claro, nuestros viajes virtuales también ocurrieron gracias a la magia del Internet, pues no podíamos descuidar nuestros trabajos, que a la postre podrían ser la base para formar un patrimonio familiar.

Así, entre las pláticas que suelen tener los esposos todos los días, además de las peleas inevitables, las reconciliaciones y los planes para reunirnos "pronto", se pasó el tiempo, de nuevo. Como queríamos tener una familia bien constituida, una noche, por fin, decidimos tener un hijo. Nuestro matrimonio había madurado y, por supuesto, había que consolidarlo con lo que sería el fruto de nuestro amor.

Por desgracia, nuestras vacaciones no pudieron coincidir. Además, la necesidad de ahorrar también nos impidió que alguno de nosotros viajara al lugar donde vivía el otro, así que tuvimos que echar mano de nuestra muy entrenada capacidad para resolver dificultades. Habíamos llegado a un punto en el que, para nosotros, nada resultaba imposible. Nuestro amor nos daba la fuerza para salvar cualquier eventualidad.

Por Internet, encontramos un sitio donde se nos ofrecía el servicio de recolección de semen e implantación del mismo entre personas que tuvieran la dificultad de encontrarse.

Al poco tiempo mi esposa me daba la noticia de que se encontraba embarazada. Mi felicidad no tenía límites. La de ella, tampoco. Cada noche vivíamos juntos la forma tan tierna en la que se desarrollaba nuestro futuro hijo. Pronto pasó el tiempo esperado. Contactamos con un amigo que nos hizo el favor de irme relatado detalle a detalle el nacimiento de mi primera hija. En tiempo real me fui enterando, paso a paso, todo lo que aconteció durante el parto. Cuando mi hija lloró por primera vez, fui el primero en enterarme por medio del amigo de mi mujer. Él lloró, mi esposa lloró y yo también lo hice, de felicidad. Nuestro amor estaba consumado.

No sé como explicar lo feliz que he sido desde mi matrimonio. Ahora está por nacer mi segundo hijo. Solo espero que los dos crezcan lo suficientemente rápido para poder comunicarme con ellos, poder acariciarlos, besarlos y disfrutarlos. Obvio, por Internet.

El canto de los gorriones

Juan Ignacio Ortega

1

En una habitación de paredes verdes, el anciano despierta. No recuerda quién es ni dónde está. Se incorpora despacio. Tiene la vista borrosa y el cuerpo cansado. Se coloca unos anteojos que encuentra en uno de los bolsillos de su pijama de franela. Nota que, encima de una mesa de madera, hay un sobre. Lo abre con cuidado. Dentro, hay una fotografía y una hoja de papel. La carta está escrita en forma de lista:

1. *Te llamas Raymundo, tienes 82 años.*
2. *La de la foto soy yo, tu hija María.*
3. *El niño serio a mi lado es Toñito, tu nieto. Tiene ocho años.*
4. *Hoy será la primera vez que Toñito te visite sin que yo lo acompañe. Se quedará dos días contigo.*
5. *No, no hay un esposo, larga historia.*
6. *Te queremos.*

Raymundo suspira y se dirige al baño. Observa su reflejo. Se busca entre la mirada triste y las arrugas ennegrecidas. No se reconoce.

2

Toñito vive con su mamá. A veces. Más veces, en su propio mundo. Huye a él cuando se siente triste o cuando tiene miedo. Solía poner su mente en blanco, pero su mamá comenzó a leerle cuentos. Así fue como Toñito aprendió a viajar en naves espaciales, a explorar bosques, a volar como superhéroe. En una ocasión, unos niños de la escuela le tiraron su comida al piso. Le gritaron que se la comiera, así, llena de tierra e insectos. Pero Toñito cerró los ojos y viajó hasta la luna; se divirtió con los habitantes de ahí, dando saltos increíbles y comiendo el queso de la superficie. Cuando abrió los ojos, estaba tendido en el piso y le sangraba la nariz. Otros niños lo rodeaban, mirándolo como a un ser extraño.

3

Raymundo renuncia al intento de anudar su corbata. Se acomoda en la orilla de la cama y contempla de nuevo la fotografía. Una oleada de recuerdos llena su corazón: las canciones que le cantaba su madre, la graduación de María, el nacimiento de su nieto y Ella… su esposa. No recuerda su nombre, pero aún puede oler su perfume con aroma a violetas; siente su mano, delicada y pequeña, que lo toma del hombro, y su mirada, que le recitaba poemas, esa mirada de la que él se enamoró. Escucha a Louis Armstrong, que el día de su boda entonaba, en acetato, What a Wonderfull World. Fueron muy felices… hasta que él comenzó a olvidar. Raymundo suspira profundo. Seca las lágrimas de su rostro y comienza a doblar la ropa limpia.

4

Muy puntual, Toñito llega a la Casa Hogar para Gente de la Tercera Edad. Su madre lo deja en la entrada, donde lo reciben un celador y una enfermera. Esta lo acompaña hasta la habitación del anciano, y le recuerda: "Tu abuelo se olvida de las cosas, debes tener paciencia". Toñito asiente con un movimiento de cabeza. La puerta de la habitación del abuelo se abre. Raymundo intenta abrazar a su nieto, pero el niño se aparta. Te recuerdo, dice Raymundo. ¡Cómo has crecido!

En el comedor comunitario, Raymundo anuncia que contará la historia de los gorriones. Ya se las ha contado antes, pero no se lo dicen. Conforme el abuelo va alargando su plática, el nieto cierra los ojos y se pierde en su mundo. Se ve a sí mismo en una casa muy vieja. En algún momento tuvo que ser blanca, pero la hierba y las plantas la han invadido y ahora parece más verde y gris. Adentro hay eco, las puertas rechinan y las escaleras crujen. Escucha al abuelo que lo llama, desde el jardín, y el niño sale a su encuentro, corriendo. Afuera hay un árbol enorme, una fuente con dos esculturas en forma de ángeles bebé que simulan vaciar agua, y muchas hojas secas regadas por el suelo. Su abuelo lo espera en una banquita de madera, mientras sostiene una canasta con pan.

De la copa del árbol emerge una nube negra que crea en el aire figuras fantásticas. Son miles de aves: chillan, silban y agitan sus alas en un baile sincronizado que eclipsa la luz del sol por donde pasan. Empiezan a descender en grupos. Pronto, a Toñito y su abuelo los rodean los gorriones, que picotean las migajas por aquí y por allá. Raymundo le pide a su nieto: "Extiende los brazos hacia arriba, con las manos abiertas. No te muevas". Luego, deposita en sus hombros, cabeza y manos, moronas de pan y las aves se suben en él para comer. El abuelo aplaude con emoción y el pequeño contiene el aliento, fascinado.

Toñito regresa de su mundo. Ya no están en el comedor con los demás ancianos. Su abuelo le señala un jardín con juegos para niños y el nieto emprende la carrera. Se desliza por la resbaladilla, se trepa a los aros, salta en el brincolín. Cuando regresa al lado de su abuelo, este lo espera con un algodón de azúcar. Ha sido un gran día.

5

Pasaban muchas tardes escuchando el canto de las aves. Toñito aprendió a imitar a los gorriones, silbando: cuando estaban contentos, emitían pitidos cortos y agudos; los machos hinchaban su pecho, orgullosos, y las hembras daban saltitos de un lado al otro; cuando tenían miedo, los pitidos eran más largos y graves. Un día, Toñito y su abuelo notaron que los gorriones guardaban silencio, menos uno. Este profería un sonido largo. Parecía un lamento. Toñito volteó a ver a su abuelo, en busca de respuestas.

– Está llorando –dijo el abuelo.

– ¿Por qué?

– Debe haber perdido a su pareja.

Buscaron alrededor del árbol y, en el piso, yacía un ave. El abuelo la tomó entre sus manos. Toñito recogió una rama y picó el cuerpo inmóvil. Está muerto, dijo el abuelo. Lo enterraron al pie del ahuehuete.

– Abuelo ¿te vas a morir pronto? –preguntó Toñito.

– No lo sé –contestó Raymundo–. Nadie sabe cuándo va a morir.

– No quiero que te mueras. La abuela se murió y aún la extraño –dijo el niño.

– Hagamos un trato –contestó el abuelo–. Cuando llegue al Cielo, le platicaré a la abuela todas las aventuras que hemos pasado juntos.

– Pero abuelo, tú olvidas todo –apuntó el pequeño.

— Estoy seguro de que allá arriba me acordaré de todo. ¿Te gusta el trato?

Toñito ofreció su mano extendida y el abuelo la apretó con cariño. Luego, lo estrechó contra sí. Esta vez, el niño le devolvió el abrazo.

6

En un cuarto de paredes verdes, el anciano despierta. No recuerda quién es ni dónde está. Se incorpora despacio. Tiene la vista borrosa y el cuerpo cansado. Se coloca unos anteojos que encuentra en uno de los bolsillos de su pijama de franela. Nota que, junto a él, duerme un niñito delgado. Camina al baño, despacio, para no despertarlo. En el espejo, descubre un sobre pegado con cinta. Dentro hay un dibujo y una carta:

Hola abuelo, me llamo Toñito. Me pediste que escribiera esta carta para que te acordaras de mí. Hoy hicimos muchas cosas y me divertí mucho.

En el dibujo se ve a un adulto y a un niño parados junto a un árbol, tomados de la mano, rodeados de muchos pajarillos. El anciano baja la mano con la carta y se encuentra de frente con su propio su reflejo.

— ¿Y tú quién eres? —Se pregunta.

— No importa —. Se responde. Tengo un nieto.

El reflejo le regala una sonrisa.

7

Raymundo se ducha, se afeita y se unta colonia de maderas. Sale del baño entonando:

Mueve suavemente a su nieto, que aún duerme. "Hey, Toñito, hora de despertar".

El cuarto se oscurece de pronto. Raymundo desliza las cortinas, pero no hay luz de día ni luces de noche. Tan solo oscuridad. La temperatura desciende y el anciano puede ver su propia respiración, en forma de vapor, salir de su boca. De entre la negrura, una silueta con tocado de monje se posa de frente. No, piensa Raymundo. Todavía no. La figura flotante se acerca lenta y silenciosa. El anciano se lleva una de las manos al pecho. Un dolor muy fuerte lo obliga a ponerse de rodillas. Al lo menos deja que me despida de mi nieto, le suplica. Pero la figura se acerca más, y lo atraviesa.

No, vuelve a decir. Él no, solo es un niño.

8

Toñito despierta y se encuentra de frente con la Muerte. No siente miedo, ni tristeza. Estira la mano y toma la de Ella. Es fría y huesuda. No hay dolor. Solo es extraño ver su propio cuerpo en el piso.

¡Toñito!, grita su abuelo, envuelto en llanto.

La Muerte se detiene. Toñito se suelta y corre a abrazar al viejo. Luego, cierra los ojos.

9

Toñito viaja a su mundo, donde él y su abuelo están junto al gran ahuehuete. Miles de gorriones salen de entre las ramas y comienzan a crear figuras en el cielo. Dan varios giros y luego se lanzan hacia abajo, volando alrededor del niño y de su abuelo.

– Tengo que irme —exclama Toñito.

– Lo sé —contesta el abuelo —. Dile a tu abuela que los alcanzaré pronto.

Miles de gorriones forman una nube en forma de espiral y ascienden con Toñito hasta el Cielo.

Sinapsis

Ricardo Cuéllar Santín

Tiempo después, el avance de la ciencia había creado los aparatos más sorprendentes y sofisticados que uno pudiera imaginar. Un caso especial era el de los teléfonos celulares.

Para entonces, la competencia entre las diversas marcas por acaparar la mayor parte del mercado era férrea y las prácticas comerciales y de mercadotecnia hacían lo posible para llegar hasta el corazón, la mente o el alma de las personas con tal de colocar en el gusto de ellas sus productos, que no solo se limitaban a los aparatos, sino que abarcaban también un sinnúmero de aditamentos y funciones capaces de dejar con el ojo cuadrado a cualquiera.

En una campaña sin precedentes, una de esas marcas anunció con bombo y platillo que, una vez que pasara el periodo de prueba, saldría al mercado el celular contra el cual no podría contender ningún otro aparato de la competencia. Si no se encontraban fallas, en un mes escaso estaría en los mostradores de los más importantes centros comerciales "al ridículo precio de un dólar, y con tarifas de cobertura tan increíbles como su precio de compra". El nuevo aparato revolucionaría la comunicación y la interconectividad entre las personas. Y todo con una calidad "por encima de cualquier otro aparato y con una tecnología muy superior".

Para el periodo de pruebas, se había elegido a diez posibles usuarios al azar para que durante un mes dieran sus impresiones sobre su funcionamiento. Eso era todo.

Por supuesto, la elección de los usuarios no había sido al azar, sino meticulosamente planeada.

Uno de los elegidos había sido Marcus, joven empresario, brillante, quien hacía poco había contraído matrimonio y a quien se le hubieran detectado convicciones políticas firmes.

Al momento de la entrega de los aparatos, en una ceremonia por demás vistosa y que se difundió en todo el mundo por medio de las redes sociales, a los usuarios seleccionados se les habló acerca de sus múltiples y sorprendentes aplicaciones. De forma maravillosa, funcionaba con solo adecuarlo al tono de la voz y, si se quería, hasta a la propia vista: el aparato obedecía ordenándole con la mirada lo que debía hacer, ya que mediante un sensor podía captar lo que el ojo enfocaba; luego, un parpadeo ligeramente más pronunciado que los normales hacía las veces de "clic" para que se llevara a cabo la orden. Eso nada más por señalar una de las miles de funciones con las que contaba el maravilloso artilugio: cálculo de la actividad física, monitoreo de la frecuencia cardiaca, distancias recorridas, calorías consumidas y necesarias para la actividad del día, grado de estrés y la forma más conveniente para evitarlo, la mejor hora del día según el estado de ánimo de ambos para conversar con la esposa, la novia o con quien fuera, la cantidad de ejercicios recomendado para conservarse en óptimas condiciones, las mejores horas para hacer llamadas telefónicas a los posibles clientes, a quienes previamente se les hubiera rastreado y evaluado su posible estado de ánimo y, por tanto, el cálculo de la posibilidad de que aceptaran una u otra propuesta de negocios, la mejor hora para dormir, para despertarse y hasta los momentos y la frecuencia conveniente para tener relaciones sexuales, tomando en cuenta no solo las necesidades del usuario mismo, sino las de la amante en potencia. El aparato era, además, tan discreto, que a nadie revelaría si se trataba de la esposa, de la novia, de una amiga ocasional o de una consuetudinaria amante de quienes seguramente se tendrían los datos suficientes y necesarios para dar una estimación más que precisa, algo que a nadie le extrañaba que pudiera suceder, ya que toda esta información se extraía de las redes sociales, información pública que lo mismo podía provenir del Facebook, Twitter, Instagram, Youtube, o de lo más reciente y novedoso dentro de la nube, y en especial de las nuevas opciones para los internautas, mismas que, se pronosticaba, iban a apabullar y a acabar con la hegemonía de sus antecesoras. Los casos más notorios eran los de PickBack, TunderRed, MegaContact, y especialmente Touch'nTouch, la cual ahora podía, mediante una aplicación, expresar el estado de ánimo de los usuarios y describirlo casi a la perfección, ya fuera con poesía, tonadas de canciones, dibujos, o gamas de colores, y darlo a conocer así a los seguidores.

Aunque todo eso y más era posible para cualquiera de las marcas de celulares en el mercado, solo podía contarse con esas ventajas a un costo demasiado alto. Hasta con el aparato más económico, el precio de los servicios siempre se elevaba por los cielos, no se diga el costo por renta y por cada una de esas novedosas aplicaciones, y únicamente si se quisiera mencionar algo de lo más accesible, económicamente hablando. Por eso nadie podía entender por qué el nuevo aparato iba a costar tan poco; y solo unos cuantos sabían el secreto.

Sin más, al llegar a casa, seguramente al igual que el resto de los usuarios, Marcus abrió la envoltura, sacó el celular y comenzó a leer las instrucciones de uso y la forma de cuidarlo. Al terminar, según lo convenido, mandó como los otros su primera impresión: "Instrucciones claras y amigables". Y el comentario se difundió en tiempo real por medio de las redes sociales. Millones de personas estaban a la expectativa. Luego, hizo un par de llamadas que pudo programar con solo seleccionar con la mirada los íconos correspondientes y el mundo entero supo que funcionaba a la perfección. Y así continuó el resto del día.

No obstante, a partir del día siguiente, la conducta de Marcus, y todo en él, comenzó a modificarse, aunque al principio de una manera casi imperceptible. Primero, el cambio tuvo que ver con las actividades que realizaba, luego, con lo que pensaba sobre ellas. Y, con el tiempo, sus puntos de vista, tan firmes antes, a modificarse, al igual que su actitud ante la vida.

Desde la primera noche, el experimento continuó. Una vez oscura la recámara, y cuando el aparato hubiera detectado que Marcus estuviera dormido, desde su interior comenzó a emerger un filamento, quizá más delgado incluso que un cabello humano, que alcanzó su oído y, casi sin tocar la piel, se introdujo por él hasta llegar a la capa que cubría su cerebro. Entonces, el aparato, una vez que hubiera comprobado haber llegado a la parte del cerebro seleccionada, mandó una pequeña descarga eléctrica para adormecer un área microscópica y luego la perforó para introducirse en ella y sembrar una muy pequeña cantidad de información, casi imperceptible, con el fin de ir cambiando poco a poco la forma de pensar de Marcus.

Por su parte, en otras áreas de la ciencia, en particular la neurociencia y más concretamente con lo que tenía que ver con el funcionamiento del cerebro humano, los científicos habían logrado encontrar la forma en la que podía modificarse el cerebro humano y, con este, el conocimiento, nuevo y adquirido, e incluso poder manipular las emociones y sensaciones que el cuerpo podía experimentar, todo ello mediante la reconexión a placer de los filamentos sinápticos de las neuronas cerebrales.

En efecto, la novedad del aparato consistía en que el filamento, y el resto de los filamentos de los otros celulares de prueba, podían noche a noche ir cambiando, muy sutilmente, ese tipo
de conexiones cerebrales durante las seis, siete u ocho horas de
sueño de los conejillos de Indias elegidos, según fueran los diag-
nósticos a partir de la interpretación de un mapa cerebral confi-
gurado previamente desde el primer día por el mismo filamento.

Al cabo de los primero quince días de prueba, los científicos pudieron comprobar el éxito de sus trabajos y de sus experimentos.

El único inconveniente era que la esposa de Marcus se había percatado de los cambios tan notorios sufridos por su marido. Por ello, primero le pidió y luego le exigió que dejara "ese
aparato del demonio", ya que a leguas podía verse que lo tenía
completamente enajenado.

Los científicos, que habían contemplado que algo así pudiera pasar, solo esperaron a que se diera la primera alerta para
echar a andar la solución que para ellos resultaba de lo más simple. Así que, pronto, llegó hasta el domicilio de Marcus un obsequio de cortesía para su esposa. Era el flamante modelo femeni-
no del aparato, junto con un gran ramo de flores y un cupón con
el cincuenta por ciento de descuento para adquirir los electrodo-
mésticos y cosméticos de su preferencia.

Sin estar del todo convencida, aunque sí muy halagada, la
esposa de Marcus estuvo de acuerdo en probar el aparato, aunque solo por unos días, "y solo unos", enfatizó. Sin embargo, lo
que no sabía era que iba a cambiar de opinión por el resto de su
vida, justo desde esa misma noche, cuando un filamento, tan delgado como un cabello humano, o quizá más, fuera modificando
poco a poco su modo de percibir las cosas, su forma de pensar,
su conocimiento acerca del mundo, su costumbre de consumo,
su manera de sentir y, con el tiempo, hasta la forma de percibir
la vida.

El Perro Calavera

Juan Ignacio Ortega

Los rumores de la existencia de un perro-monstruo en mi barrio comenzaron cuando yo tenía unos 8 años de edad. Mis amigos y yo acostumbrábamos ir a jugar saliendo de la escuela. Nada nos detenía: ni la distancia (recorríamos a pie hasta cinco kilómetros para llegar a las canchas de futbol en el llano); ni la lluvia (cuando el agua corría a cántaros, nos deslizábamos colina abajo sobre tapas de contenedores de basura); ni las amenazas de nuestras madres (de recibirnos a chanclazos si regresábamos al anochecer).

En una ocasión, descansábamos de una de nuestras correrías cuando uno de los adultos comenzó a contarnos historias escalofriantes: algunas ya las conocía, como la del ropavejero que solía llevarse a niños descuidados; la de la Llorona, que pasaba por las noches lamentándose por la pérdida de sus hijos; hasta que mencionó que por las calles donde solíamos andar, se aparecía un perro con una calavera dibujada en el lomo.

— Es el perro de la muerte —nos dijo el viejo. Los demás niños y yo reímos nerviosos, no tan seguros de que fuera verdad lo que nos decía.

— Se dice —continuó el narrador con una sonrisa burlona, seguro de que nos tenía espantados— que este animal le susurra a los demás perros al oído y les ordena lo que tienen que hacer. Ha reunido a más de veinte en su manada. A la señora González la rodearon, la mordieron varias veces hasta que le quitaron a su bebé que llevaba en brazos. Una vez, varios hombres y yo nos organizamos para acabar con ellos, pero por más que buscamos, nunca los encontramos. El Calavera les ordena dónde esconderse, cuándo separarse y cuándo reunirse.

Una tos seca le impidió al viejo continuar con su relato.

Mis amigos y yo cruzamos miradas de angustia. Nos levantamos y nos fuimos corriendo. Esa noche no dormí, temiendo que el Perro Calavera, rompiendo la ventana, entrara a mi cuarto.

Pasó algún tiempo antes de que recordáramos aquella historia. Eso ocurrió una tarde, después de un extenuante partido de futbol. Luego, cada quien tomó su camino. No me había dado cuenta de la hora, y de pronto vi que anochecía. Aceleré el paso, intentando ganarle a la oscuridad, pero esta me envolvió en pocos minutos. Estando muy cerca de mi casa, escuché un aullido: era largo y agudo. Sentí un frío intenso, de la cabeza a los pies. Me quedé ahí parado e intenté correr, pero mis piernas no respondieron.

Un perro salió de entre las sombras, despacio, erguido, sosteniendo la mirada fija en mí. Se detuvo a pocos metros y, amenazante, me mostró sus colmillos. Yo, seguro de que moriría, lloraba en silencio. Caí de rodillas y cerré los ojos. De pronto, el perro comenzó a olisquear el aire. Recordé que aún traía mi lonche, así que lo saqué despacio de mi mochila y se lo arrojé al animal.

Lo devoró de inmediato. Se relamió el hocico, dio media vuelta y se perdió en la noche.

Pocos días después volví a encontrarlo. Pero no iba solo y la jauría me rodeó mostrando los colmillos. Esta vez, mantuve la calma. Observé cómo el Calavera se acercaba a sus lacayos y hacía gestos y sonidos guturales. Uno de los perros se acercó a mí. Entendí la indirecta y bajé mi mochila: adentro, llevaba una buena porción de retazo con hueso que había conseguido en el rastro. Otro animal tomó el paquete y se retiraron corriendo. El Perro Calavera permaneció mirándome un rato más, emitió una especie de chasquido y siguió a su manada.

Seguí alimentando a la jauría hasta que mis ahorros se agotaron. Entendí que ahora mi vida estaba en peligro. Pero tenía un plan: en el siguiente encuentro con mis amigos caninos, le expliqué al Calavera:

– Mira, sé que me entiendes. Déjame mostrarte dónde hay más comida. A cambio, solo déjame en paz –dije.

Él lo pensó por un momento y luego levantó su pata, como una señal para indicarme que le enseñara. Los conduje hasta un callejón, donde vivía uno de mis compañeros de la escuela. El tipo me había golpeado en un par de ocasiones para quitarme el dinero, así que lo seleccioné para que fuera nuestra primera presa. Esperamos desde una zona alta a que llegara, y bajé a encontrarlo.

– ¿Y tú que buscas por aquí, imbécil? –me preguntó–. ¿Acaso te perdiste? O ¿andas buscando pelea?

Como la mayoría de los abusadores, no era tan violento cuando no estaba cerca de sus compinches. Yo no le contesté. Esperé a ver si cargaba navaja o algún tipo de arma.

– ¡Contesta, carajo! –me gritó, pero seguí en silencio.

Se abalanzó contra mí, pero me hice a un lado y él se tropezó y cayó; volteó a verme, desconcertado. Yo chiflé y, en cuestión de segundos, la jauría se le vino encima. Lo mordieron hasta inmovilizarlo. A pesar de los gritos, nadie vino en su ayuda. El Perro Calavera le hundió los colmillos en el cuello, hasta que el tipo dejó de moverse. La calle se llenó de sangre. Nos llevamos los restos del cuerpo al escondite que teníamos a unos kilómetros de ahí y comí carne humana por primera vez. Ya era parte de la jauría.

El Perro Calavera y yo tuvimos un buen trato: yo le ofrecí mí lealtad y él… él me enseñó a susurrar.

En el crucero

Ricardo Cuéllar Santín

Se conocieron cuando eran muy jóvenes, casi niños.

Él llevaba varios años viviendo en la calle; se juntaba con gente mucho mayor que lo protegía como si fuera un hijo. Ella acababa de irse de su casa, porque no toleraba que su padrastro le propinara tremendas golpizas por no tenerle la comida lista después de que llegara borracho.

Él, al verla sola, llorando y a altas horas de la noche, se le acercó como suelen hacerlo quienes viven en la calle a otros como ellos: para platicar, para compartir la comida del día, para saber unos de los otros o, como en este caso, para brindarle alojamiento y cobijo.

No hubo problema para ser aceptada por el grupo, formado por cuatro hombres y dos mujeres que apenas cumplían la mayoría de edad; vivían en una casa abandonada a la que llegaban por las noches después de haber mendigado o trabajado por ahí y por allá, lavando coches, cargando bolsas del mandado, limpiando parabrisas en los cruceros… o robado lo que estuviera al alcance de la mano, como comida, bolsas olvidadas o tapones o retrovisores de coches, que luego vendían por cualquier suma de dinero.

Pasaron los años. Fueron creciendo y conociéndose más. Un día, se hicieron novios y decidieron irse a vivir juntos a otro lugar, solo para ellos. Buscarían un trabajo estable y rentarían un cuarto para los dos.

Cuando ella lo conoció, él comenzaba a inhalar cemento y thinner, pero él lo fue dejando porque a ella no le gustaba verlo drogado. A veces también fumaba marihuana, pero solo a veces, cuando podía conseguirla barata.

Una vez que comenzaron a vivir juntos, decidieron intentar una vida diferente: se harían personas "de bien". En los primeros trabajos que encontraron no les fue como hubieran querido y tuvieron que pasar hambres y penurias. Pero luego, cada uno por su cuenta, encontró algo mejor remunerado que les permitió ir al corriente con las rentas, comer mejor, comprarse algo de ropa y zapatos, salir a divertirse una que otra vez y hasta tener algo ahorrado, por si acaso.

Pero tener dinero de más (es decir, algo de ahorros) solía provocar que las cosas se pusieran mal entre ellos. En especial cuando él empleaba ese "dinero extra" para emborracharse con los cuates y, a veces, para comprar marihuana. Entonces, volvía a perder el trabajo y ambos, a pasar penurias.

Sin pensarlo demasiado, cada uno se dio cuenta de que, cuando menos tenían (y a veces solo lo suficiente para ir pasándola día a día), era cuando mejor se sentían y mejor se llevaban; incluso, era cuando ponían más interés en su relación, en trabajar y en conservar sus empleos. Hacían planes para ir progresando, superándose y hasta soñaban con llegar a ser ricos, pero muy dentro de sí sabían que solo eran formas de darse ánimos el uno al otro, porque eran conscientes de que, si llegaban a tener "dinero de más", su relación daría al traste, algo que en el fondo ninguno quería y trataba de evitar lo más posible.

Una tarde, mientras caminaban por la calle, encontraron a un viejo conocido en un crucero portando un organillo, de esos antiguos, que producen música haciendo girar una manivela. Había terminado su jornada y se dirigía a entregar el aparato, que a leguas se veía le costaba trabajo cargar y lo hacía con mucho esfuerzo. Ambos decidieron acompañarlo y, de paso, ayudarle a cargar el instrumento hasta una casa amplia en la que había, bien acomodados, varios de esos armatostes musicales. Unos tan polvosos, que parecían no haber sido utilizados en muchos días. El dueño los recibió como si los conociera de siempre y les preguntó que si querían trabajar. Sin esperar respuesta, comenzó a explicarles cómo hacer sonar el mecanismo del cilindro y, en seguida, los convenció de que hicieran el intento unos días operando cualquiera que los aparatos que estaban allí sin usarse. Si no les gustaba, concluyó, no había problema.

Al día siguiente hicieron la prueba en distintos cruceros de la ciudad que les habían asignado. El oficio era fácil, y les gustó. Muy rápidamente aprendieron a manipularlo, lo que les venía muy bien para vivir a gusto. Sin necesidad de comentarlo, ambos llevaban las cuentas de lo recolectado, porque solo querían juntar lo necesario para la renta del aparato, los gastos exactos del día y la renta del cuarto; a propósito, uno y otro se sugerían terminar la jornada cuando calculaban que esos gastos podían estar cubiertos, aunque fuera temprano, o aunque pudieran juntar mucho más dinero para el ahorro, que no querían.

Uno de tantos días, casi al comenzar la jornada, mientras él daba vueltas una y otra vez a la manivela del cilindro, ella se acercó a un coche muy elegante y lujoso y, con su gorra de cilindrera, solicitó al hombre del interior "una cooperación".

El tipo del auto, un rico empresario, regresaba de una reunión en la que se había divertido a lo grande y de la que hubiera salido con copas de más. Por eso, al ver a la chica acercarse, sintió el impulso de compartir un poco de su alegría y, sin reparar en lo que sacaba de su cartera, dejó caer en la gorra tres billetes de a mil, como quien deja una moneda de a diez. De reojo, ella vio el monto del dinero y dudó si quedarse con él o devolverlo. Le preocupó que el hombre pudiera incriminarla después, quisiera burlarse o fuera a proponerle algo indecoroso. Pero el semáforo cambió a luz verde, el empresario cerró la ventanilla, sonrió ligeramente a la joven, y con mirada perdida de ojos a medio cerrar se fue alejando de su vista a lo largo de la calle.

Por instinto, ella se subió a la banqueta, se refugió en la sombra de un puente para sacar sin problemas el dinero, y contarlo. Solía hacer lo mismo con frecuencia para no despertar la avaricia, o para evitar la curiosidad de los transeúntes.

Estaba en lo correcto: tres billetes de a mil.

Pensó en decírselo a él, pero se contuvo: era algo que debía manejar con la mayor prudencia. Dobló los billetes lo mejor que pudo y se los metió debajo del sostén, donde sabía estarían seguros. Sin dejar de pensar en lo ocurrido e incluso esperando que el dueño del auto regresara para reclamarle el dinero, dejó que el día pasara, simulando que el incidente no había ocurrido.

Ese día, ella esperó a que fuera él quien decidiera la hora de terminar la jornada.

De tanto andar juntos por la vida y de tanto quererse, se conocían muy bien; por eso, de camino a casa, él se dio cuenta de que algo le pasaba. Ella solo le dijo que se sentía cansada y con dolor de cabeza, mientras imaginaba lo que sucedería si, como solía ocurrir, él la abrazara y metía la mano en su busto, descubriendo el dinero. Él intuyó que le mentía y se puso serio, ella lo notó y discutieron un poco; un poco solamente, porque ella sabía cómo paliar la situación.

Ya en casa, le preparó una cena especial y, al poco rato, estaban haciendo el amor. Muy apenas había podido disfrazar lo que no dejaba de machacarle la cabeza y apenitas pudo esconder el dinero en un resquicio.

¿Debía decírselo, o no? Habían prometido ser honestos el uno con el otro. Para ella, la confianza era muy importante. Pero, si se lo decía, seguro lo tomaría a mal. Ya habían pasado muchas horas. Además, si lo hacía, seguro le pediría el dinero "para guardarlo", como lo había hecho otras veces; la llevaría a cenar a un lugar caro y luego se desaparecería por dos o tres días mientras se iba de juerga con sus amigos, a quienes quizá les invitaría mota.

Ella pensaba que, con esa cantidad, podrían vivir unas semanas... y solventar algún imprevisto. Pero no podía tener el dinero en casa, allí no había un lugar donde pudiera esconderlo. Y aunque lo pudiera ocultar, algún día debía utilizarlo.

Durante dos días vivió la angustia de no saber qué hacer y, en especial, el temor de que él la descubriera. No pudo dormir y, una noche, volvieron a discutir acaloradamente porque él juraba y perjuraba que a ella le pasaba algo que no quería contarle. Ella contestaba con mentiras que la hacían caer en contradicciones que agravaban mucho más el problema.

Después de una nueva pelea, al cuarto día decidieron no ir juntos a trabajar. Por si las dudas, ella tomó el dinero y volvió a guardárselo debajo del sostén. Cada uno buscó a quien ayudarle con su organillo, y cada uno trabajó por su cuenta.

Al transcurrir el día, las horas lejos les recordaba cuánto se amaban y lo mucho que se extrañaban.

De regreso a casa, ella estaba con el firme propósito de confesarlo todo. Caminaba pensativa cuando, de pronto, miró a una viejecita que pedía limosna fuera de una iglesia después de la misa de la tarde. Esperó a que la gente terminara de salir, entró, caminó hacia el altar y simuló rezar; cuando no vio a nadie dentro, metió su mano debajo del sostén, tomó los billetes, que seguían doblados como desde hacía varios días, y caminó hacia la anciana. Cuidadosamente, depositó en la mano de la mujer los tres billetes. Al verlos, la vieja dudó si debía aceptarlos o no, y hasta pensó que aquello sería una broma, o si los billetes serían falsos. Pero ella le mostró una sonrisa que no le dejó dudas.

Al llegar a casa se sentía gratamente reconfortada, satisfecha por haber hecho lo correcto y convencida de querer vivir únicamente con lo indispensable, y con un cúmulo de ilusiones, proyectos y sueños que la alimentaban cada día.

Porque de esa manera, estaba convencida, él y ella podían ser felices.

Casita de muñecas

Juan Ignacio Ortega

La Navidad era el día favorito de Clarita. Acababa de cumplir seis años y esperaba con ansias sus regalos. En su carta de deseos había pedido una máquina para hacer helado y una muñeca con su propia línea de ropa. Sin embargo, cuando despertó en la madrugada y corrió al pie del árbol navideño se encontró con el obsequio más increíble: una casita de muñecas tan grande, que Santa Claus no la envolvió. Solo estaba adornada con un gran moño rosa en el techo.

La casita era plegable. Se abría de frente y se dividía en tres módulos: del lado izquierdo de la planta baja estaba la cocina, donde había una estufa con cuatro parrillas y una mesa. En el primer piso, una habitación con una cama, un tapete circular y una cómoda con cuatro cajones; el centro de la casita tenía una fuente frente a la entrada, adentro una sala con tres muebles y al fondo un comedor grande. A un costado, una escalera de caracol. Arriba, un espejo, el baño y un perchero. Del lado derecho había un estudio, con un librero, una chimenea y su propio arbolito de

"

Navidad. Y en la parte de arriba, una segunda habitación con dos camas individuales.

Clarita jugó todo el día: ponía y quitaba platitos, intentaba leer con una lupa el título de alguno de los libros del estudio; descubrió que, si presionaba el piano, se escuchaba una hermosa melodía; si giraba la base de la fuente, de esta salía agua.

De noche, las luces de la casita se iluminaron. Clarita se asomó por una de las ventanas. Las cosas habían cambiado: había un perro recostado junto a la chimenea, que ahora estaba encendida, y el arbolito de Navidad resplandecía por los foquitos de colores diminutos que lo adornaban.

De pronto, una mujercita entró por la puerta principal, cargando dos bolsas de papel, las depositó en la mesa de la cocina, se quitó sus zapatillas y subió a toda prisa las escaleras. Entró en el baño y cerró la puerta. El perrito comenzó a ladrar, salió corriendo del estudio y esperó a su dueña en la cocina.

— ¡Wow! —exclamó Clarita, fascinada.

La mujercita salió del baño y regresó a la cocina, donde la recibió su mascota dando saltos de alegría. De las bolsas de papel, la mujercita sacó tomates, calabacitas, pan y latas. Se puso un delantal y comenzó a preparar los alimentos.

— ¿Hola? —saludó Clarita. No obtuvo respuesta.

— ¿Cómo te llamas? —insistió. Pero la mujercita parecía no escucharla.

El perro salió y bebió agua de la fuente. Clarita acercó su mano para tocarlo, pero pasó a través de él como si fuera un fantasma.

Al día siguiente, Clarita encontró a la mujercita bailando mientras barría. Apenas alcanzaba a escuchar lo que cantaba, pero su cadencia contagió a la niña, que comenzó a imitar los movimientos.

— ¡Mírame! ¡Aprendí a bailar! —gritó Clarita.

Comenzaron a hacer muchas cosas juntas. Cuando la mujercita leía, Clarita tomaba su libro de dibujos; si la mujercita dormía, también Clarita tomaba la siesta.

Fue en una de esas ocasiones, en las que ambas disfrutaban de la música del piano, que apareció un hombrecito. Entró a la casa a paso rápido y se dirigió a la cocina, gritando. Clarita no podía entender lo que decía. La mujercita se apresuró a servir la cena. El hombrecito probó la sopa y arrojó el plato al piso. El perro no dejaba de ladrar. El hombrecito lo pateó tan fuerte, que este cayó muerto junto a la estufa. La mujercita salió corriendo a la sala y lloró hasta que se quedó dormida. Clarita le leyó un cuento para intentar consolarla, aunque sabía que la mujercita no la escuchaba.

Al día siguiente, la mujercita se encontraba aseando la habitación principal cuando llegó el hombrecito. Comenzaron a discutir.

— ¿Qué pasa? —preguntó Clarita, angustiada.

El hombre golpeó en el rostro a la mujercita.

— ¡No! —gritó Clarita.

El hombrecito salió del lugar azotando la puerta. Esta vez, las dos lloraron juntas.

Las golpizas se repitieron todos los días.

Pero, en una ocasión, la mujercita le regresó el golpe al hombrecito. Entonces, este salió por una puerta trasera que Clarita no había visto, y regresó con una pala en las manos. Clarita le gritó a la mujercita:

— ¡Escóndete! ¡Escóndete! —Pero ella estaba en la cama, llorando.

El hombrecito entró y le tiró un golpe, la mujercita lo esquivó, saltó encima del hombrecito y lo hizo caer. Salió corriendo de la habitación y bajó la escalera a toda prisa.

— ¡Corre! ¡Ya viene! —la apresuró Clarita.

La mujercita se encerró en el estudio. Intentó abrir la ventana, pero estaba atorada. El hombrecito golpeó y empujó la puerta con todas sus fuerzas, hasta que se abrió. Entró con la pala en alto. La mujercita levantó el banquillo del piano y esquivó varios golpes, hasta que sus brazos no pudieron más y quedó al descubierto. El hombrecito le destrozó la cabeza y siguió golpeando el cuerpo inerte de la mujercita.

Clarita no podía respirar. Intentó llorar, pero solo alcanzó a sollozar.

El hombrecito arrastró el cuerpo de la mujercita hasta la puerta trasera y la arrojó fuera de la casita. Regresó al estudio y se sentó a descansar, como si nada hubiera pasado.

Clarita se levantó, se dirigió a la cocina de su propia casa y regresó con una cajita en las manos. Al tercer intento, encendió el cerillo. Esta vez, el hombrecito sí lo notó, pero no le dio tiempo de hacer nada. Las llamas comenzaron a abrazar la casita y al hombrecito.

Clarita sonrió.

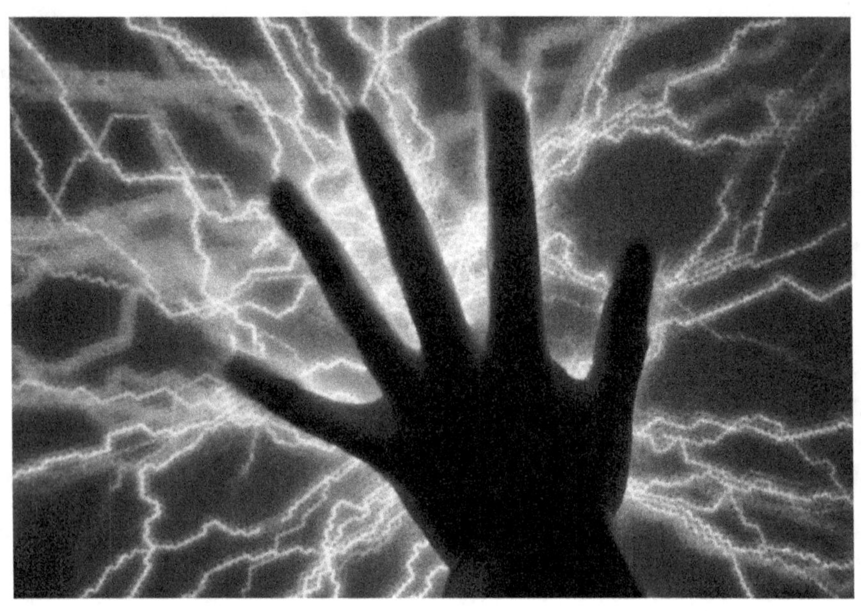

Una mano larga y muy delgada

Ricardo Cuéllar Santín

En eso oyó el disparo de la pistola que, a escasos tres o cuatro metros de donde se encontraba parado, le apuntaba. A pesar de la proximidad, la explosión le pareció venir de muy muy lejos, y no pudo asociarla con nada que tuviera que ver con él. Pero el sonido le decía lo contrario, se dio cuenta de que el Tuerto, por fin, se había decidido a disparar. Fue entonces cuando cobró conciencia de que en ese instante una bala se dirigía hacia su pecho e irremediablemente se le metería en el cuerpo. Intentó imaginarse lo que era morir, pero nada se le ocurrió. A esa edad, escasos veintitrés, el sentimiento de su muerte le era ajeno, extraño. Siempre había creído que quizá pudiera vivir eternamente o que, si por alguna casualidad, estando de plano muy viejo se moría, lo haría de noche, mientras estuviera durmiendo. Pero cuando vio salir la bala del cañón que le apuntaba, le dio curiosidad por saber de ella, de la Muerte, de verle la cara si acaso la tenía, de sentirla.

Llegaron a su mente las veces en las que se había preguntado si valdría la pena morir por algo, por alguien... por la Lupe, y siempre la respuesta había sido que no, ni aun por la Lupe; ni por ella misma a pesar de que era la única a quien deveras había amado.

Estando seguro de eso, no supo entonces por qué carajos había ido hasta Coyuca a buscar e intentar matar al maldito Tuerto, porque solo así, le había dicho a la Lupe, solo así la dejaría en paz; sí, a la Lupe, a la que el Tuerto había estado jodiendo a cada rato.

Ya le habían advertido que el Tuerto tenía fama de matón, que no se tocaba el alma para disparar en contra de quien fuera. Seguramente había ido a buscarlo porque, aunque la Lupe se lo había negado, se enteró de que los moretones que traía en la cara se los había hecho el Tuerto cuando había tratado de violarla, amenazándola con matarlos a los dos si no se casaba con él. O tal vez porque el mismísimo Tuerto le había gritado en la cara que era un cobarde, que no merecía a la Lupe, "esa chulada de mujer, parida y criada para un macho, un verdadero macho como él, no pa´la piltrafa de maricón que tenía por novio". O posiblemente por el miedo, ese canijo miedo que sentía por la pura amenaza del Tuerto "de acribillarlo por la espalda como a un maldito perro si no se defendía como los hombres, frente a frente".

La verdad era que no estaba seguro de por qué había ido a buscarlo hasta la cantina donde sabía que estaba bebiendo. Pero el caso era que ya estaba allí, sin poder evitarlo, a punto de ser perforado por la bala, por esa bala que solo deseaba no se le metiera en el corazón; en cualquier otro sitio, menos en el corazón.

El fuerte golpe que sintió a la altura de las primeras costillas de su lado izquierdo lo hizo caer casi a dos metros hacia atrás de donde se encontraba. Inmediatamente empezó a sentir un ligero calor en todo el cuerpo, que luego se volvió intenso; el sudor comenzó a bañarlo por todos lados. El golpe contra el suelo lo había aturdido un poco. Entonces, otra vez volvió a pensar en la Muerte, que ahora en ese momento le parecía más real, no tan lejana como hacía apenas unos instantes. Se percató de que estaba junto a él. Oía sus suaves susurros cerca del oído. Podía percibir su olor que comenzaba a tenerlo dentro de los pulmones, más aún cuando trataba de jalar el aire a bocanadas. Después, con dificultad, pudo distinguir un bulto negro e informe, y supo que era Ella y que ahora estaba frente a él. Entonces, una mano extremadamente larga y muy delgada salió de esa negrura que no se parecía a nada, y despacio, sin prisas, se estiró para cogerlo, para llevárselo.

La muerte, se dio cuenta, muy bien podía ocurrir a los veintitrés.

Sor Rocío

Juan Ignacio Ortega

Sor Rocío camina a media noche entre los pasillos del convento. Solo se escucha el aletear de los murciélagos que, casi ciegos, revolotean buscando comida. La religiosa continúa su andar hasta llegar a la parte alta del jardín del monasterio. Se acomoda debajo de un eucalipto, que a la luz de la luna parece un ser monstruo extendiendo sus brazos. La colonia de murciélagos se acomoda entre las ramas, con su peculiar estilo: colgados de cabeza. La monja comienza a sacar higos de su hábito. Los murciélagos bajan, uno por uno, por la fruta. Al final, el animal más grande se posa en el hombro de Sor Rocío.

Sor Matilda, entrada en años, camina en busca del sueño perdido; se talla las manos, tratando de reducir el dolor que le provoca la artritis; envuelta en una manta, se dirige a la cocina para preparar té. El movimiento cerca del árbol llama su atención. Observa la figura de Sor Rocío, trata de forzar la vista y, en ese momento, el murciélago postrado en el hombro de la novicia se yergue y extiende sus enormes alas. La anciana se persigna ante semejante aparición y se dirige a la celda de la madre superiora. Al borde del colapso por el susto, la monja relata lo que vio.

El tañer de las campanas aleja a los murciélagos y atrae a novicias y monjas. Sor Rocío permanece en calma al pie del eucalipto. Las monjas llegan en silencio, blandiendo cruces de madera. Dirigidas por la madre superiora, someten a Sor Rocío y la amarran al eucalipto.

Las monjas, con sirios y rosarios en las manos, empiezan a rezar. Sor Rocío sonríe. Las novicias inclinan la cabeza para no mirar el rostro impávido de la prisionera. La madre superiora interrumpe el rezo:

— Se le acusa de brujería, Sor Rocío.

Sor Rocío no contesta, permanece inmóvil.

— Quémenla –susurra una de las monjas.

Los rostros de las religiosas se deforman por la luz parpadeante de las velas, parecen demonios salidos del mismo infierno.

— Quémenla –se escucha de nuevo.

Sor Rocío no parpadea.

— Es una bruja –acusa alguien más.

— ¿Es usted una enviada de Satán, hermana Rocío? –pregunta la superiora.

Sor Rocío permanece con la mirada fija al frente.

— ¿Se da cuenta de que no puedo correr el riesgo de que el demonio invada nuestra abadía? –insiste la madre.

Sor Rocío suelta una carcajada que sobresalta a la mayoría de las monjas.

La madre superiora levanta su brazo derecho y dibuja un círculo en el aire. Las monjas se apresuran a juntar leña alrededor del árbol.

— Perdónala, Padre –dice la abadesa–. Perdona a nuestra hermana Rocío. Líbrala del demonio que mora en su cuerpo y libera su alma.

La religiosa vuelve a levantar un brazo con el puño cerrado. Las monjas dan un paso hacia Sor Rocío. El puño de la religiosa se abre y las novicias arrojan las velas a la madera. La hoguera se prende. Sor Rocío levanta la vista. Ahora mira fijamente a la madre superiora, quien se aterra porque la monja no grita, no llora, no ruega.

El fuego consume la ropa de la monja y también sus ataduras. Sor Rocío se pone en pie y camina desnuda entre las llamas, con ámpulas en todo el cuerpo y el cabello en llamas.

– ¡Odi te! –grita Sor Rocío. Cientos de sombras aladas cruzan el cielo oscuro. Los murciélagos arrancan los tocados, muerden los cuerpos. Cruces y hábitos caen manchados de sangre. La madre superiora reza de rodillas. Cierra los ojos cuando Sor Rocío acerca su rostro al suyo. No alcanza a ver los colmillos que emergen en la boca de la novicia. Sor Rocío hace a un lado el tocado de la superiora y destroza su cuello de una mordida.

A la noche siguiente, Sor Rocío camina entre cadáveres, abre la puerta principal del convento, se acomoda su hábito y camina hacia el bosque, seguida por una nube de murciélagos, ansiosos de sangre.

Con "g" o con "j"

Ricardo Cuéllar Santín

Apenas cumplió los tres años de edad, tuvo una revelación casi mágica sobre aquello a lo que iba a dedicarse el resto de su vida. En casa de su tía –quien revisaba la tarea a su primo Jorgito–, permanecía atento desde el otro lado de la mesa, observando cómo ella corregía una palabra mal escrita. Cuando vio la corrección hecha por su tía, supo de inmediato la relación entre la letra "e", y la "e" expresada por medio de la voz, y la correspondencia entre ambas. ¡Vaya descubrimiento! Mientras su mamá pasaba por él, estuvo esperando impaciente la hora de llegar a su casa para ponerse a escribir la letra "e" que había aprendido.

Por la noche, cuando su papá llegó de trabajar, se le pegó como sanguijuela para preguntarle los nombres y la forma como debían escribirse las otras letras, como la "sss", sonido que semejaba el siseo de una víbora:

– No se llama "sss", se llama "ese"... Esa "erre" y esa "te".

Pero ya no pudo obtener más información, porque su papá, cansado, se paró del sillón, apagó el televisor y se dirigió a la cocina para ver si encontraba a la mano algo para cenar. Ese día también aprendió que, si quería saber más sobre el tema, tendría que hacerlo por cuenta propia.

Dentro de su recámara, repitió fascinado una y otra vez cada una de las letras, al tiempo que se imaginaba su forma repasándolas en el aire con un dedo. Quien lo hubiera visto, habría pensado que estaba dibujando castillos en el aire, dragones o, tal vez, a los héroes favoritos de sus historietas.

Al día siguiente, después de haber estado insistiendo durante mucho rato, consiguió que su madre le enseñara algunas cuantas más y, por la noche, volvió a repasarlas una y otra vez como en la anterior.

Al tercer día aprendió a escribir su primera palabra: niño. Si cuando supo la correspondencia entre una letra y un sonido quedó maravillado, al descubrir la estructura de la primera palabra su alegría fue aún mayor: tanta, o más que, que si hubiera encontrado su recámara colmada de juguetes un día de Reyes.

Cuando ingresó al preescolar ya sabía leer, y lo hacía bastante bien. No obstante, su fascinación siguió al aprender algo que se llamaba ortografía. Era maravilloso entender que a toda palabra correspondía una y solo una forma de escribirla. A partir de entonces, su delirio fue saber todo lo que tuviera que ver con las palabras.

En la primaria fue un alumno brillante, y la materia de Español la pasó siempre con honores.

En secundaria sucedió lo mismo. Pero ahora no solo se concretaba en seguir aprendiendo etimología y ortografía, sino que estudió a conciencia la sintaxis y la semántica; escribió en el periódico del colegio y expuso un trabajo final que tituló: Una palabra para cada cosa. Sin saberlo, aún bastante joven, pudo llegar a conclusiones similares a las del gran filósofo Wittgenstein, en su primera etapa de pensamiento.

Durante el bachillerato, las mujeres comenzaron a interesarle, a ratos. Quiso relacionarse con algunas de ellas, pero jamás pudo comprenderlas. Le desconcertaba, por ejemplo, cuando alguna joven le decía que nunca más quería volver a verlo, pero al otro día le llamaba para que la invitara al cine. Al parecer, siempre le decían una cosa ¿para que entendiera otra? Pero entonces, ¿cómo poder adivinar cuál era esa otra cosa?

No entendía que el lenguaje se usara justo para expresar lo que no quería decirse. Llegó a pensar que, frente a las mujeres, perdería la razón.

Después de una cita romántica, siempre recordaba la primera vez que había estado en el mar y quiso atrapar un pez: lo sentía, podía jurar que lo cogería entre sus manos, pero nunca, ninguno, terminaba en ellas. Lo mismo le ocurría con las mujeres, quienes solían utilizar de una manera extraña las palabras y, por consecuencia, el lenguaje.

En cambio, las palabras y el lenguaje resultaban mucho más asibles para él que los peces; y, por supuesto, que las mujeres. Llegó a convencerse de que el tema de las mujeres quizá no fuera para él, y poco a poco fue alejándose de ellas para involucrarse todavía más en lo que sí podía comprender.

Un día dejó de pensar definitivamente en ellas. Sus problemas eran mucho mayores: sus padres perdieron la vida en un accidente y tuvo que enfrentar no solo esa tristeza, sino la realidad de estar sin un centavo para financiar sus estudios. Buscó un trabajo para laborar por las noches y continuar estudiando por las mañanas, además de seguir leyendo y escribiendo por las tardes.

Trabajó como *free lance*, como corrector de estilo para varias editoriales, como escritor de temas varios en una revista de sociales y como editor de una publicación periódica de circulación clandestina. Pronto, su dedicación y sus conocimientos le permitieron incrementar sus ingresos.

El trabajo llegó a fascinarle, pero también le quitaba muchas horas de sueño, a tal grado que solamente dormía tres o cuatro horas al día. A veces ni siquiera podía dormir un poco antes de irse a la escuela, por lo menos. No obstante, pudo continuar estudiando.

Sometido a un gran ritmo de trabajo, entró a la Facultad y salió de ella. Cursó la maestría y el doctorado en Letras. A sus veintiséis años era considerado un erudito. Constantemente le solicitaban que impartiera conferencias o que supliera a los profesores en sus cátedras, lo cual aumentaba considerablemente sus obligaciones.

Por supuesto, el tiempo terminó por pasarle la factura. Siempre se sentía exhausto y su aspecto demacrado lo hacía representar al menos el doble de su edad.

Un día, para su fortuna, recibió una invitación del Rector de la universidad, quien le ofrecía hacerse cargo de la Dirección del área de Letras. El sueldo era muy atractivo y, con ello, por fin podría dejar de trabajar por las noches. Por supuesto, aceptó.

La contratación se daba como un hecho. Sus papeles estaban en regla, sus publicaciones avalaban su trayectoria, y sus pares, aunque lo veían como un hombre algo excéntrico y sin mucha salud, también pensaban que era una persona de buen carácter y sin notas negras que pudieran manchar su expediente.

Solo faltaba cumplir con un requisito, "un simple trámite", le dijeron: realizar un examen psicométrico; nada que no pudiera resolverse en unos cuantos minutos. Eso era todo.

El día del examen se presentó confiado. Como era habitual, la noche anterior tuvo mucho trabajo, pero eso no le preocupó en lo absoluto. Muchísimas noches no había podido dormir lo suficiente por el mismo motivo, y una más no iba a cambiar su desempeño frente a algo tan trivial como un examen.

Lo que sí le incomodó un poco fue no haber desayunado, porque para la hora de la cita habían pasado unas dieciséis horas sin alimento. También le hubiera gustado haberse tomado al menos un vaso de agua. No obstante, ese era tan solo un pequeño contratiempo, pues de seguro saldría del examen en pocos minutos, y luego podría irse a celebrar su contratación a un buen restaurante, donde disfrutaría de una excelente comida, acompañada de un buen vino.

Llegó, pues, al examen y observó: 177 preguntas. Le parecieron demasiadas. El cuestionario indagaba acerca de sus gustos y preferencias, sobre si le gustaría hacer esto o aquello; si prefería trabajar en esto o en lo otro; si optaría por perseguir delincuentes o estar sentado detrás de un escritorio; o vivir en tal o cual ambiente, y cosas parecidas. A veces las preguntas eran tan reiterativas, que lo hicieron dudar si seguía contestando la misma hoja. A partir de la pregunta ciento treinta y tantos, sus dedos comenzaron a dolerle porque debía responderlas rellenando con un lápiz el óvalo que correspondiera a la respuesta correcta.

Como quiera que fuera, el tiempo pasó y por fin llegó a la pregunta 177. Pero, cuando pensó que el examen había concluido y que podría irse a comer, la mujer encargada de aplicar el examen le dijo que era momento de pasar a la segunda etapa: ahora debía responder 203 preguntas; eran casi las mismas que las anteriores, solo que planteadas de manera distinta: ¿preguntas cruzadas?

"FAVOR DE EVITAR, EN LO POSIBLE, CONTESTAR LA OPCIÓN DE ENMEDIO. COMPROMÉTASE A OPTAR POR UN SÍ O UN NO", leyó.

Al cabo de cuarenta y dos minutos más, y 203 preguntas recorridas, por fin terminó. Su mano le dolía y sus nervios comenzaban a ponerse de punta. El hambre era insoportable y la sed, aún más, pero no podía salir del salón hasta no haber terminado.

Sin esperarlo, ahora debía pasar a la tercera etapa: HABILIDAD MENTAL, decía la hoja en la parte superior. Esta sección tenía por objeto conocer, en su primera parte, la capacidad para el cálculo mental; en la segunda, su destreza para encontrar las diferencias entre varios objetos; en la tercera, su pericia para hallar en tal o cual dibujo lo que le faltaba para que estuviera completo; en la cuarta, para comprobar la habilidad lógica al elegir una u otra figura que correspondiera a una secuencia dada; y, por último, la ortografía. El inconveniente era que, a diferencia de antes, ahora cada una de las secciones debía de contestarse con tiempo medido. Una sección en ocho minutos, otra en seis, dos más en cinco y, la de ortografía, en ocho también.

Al comenzar se dio cuenta de que no era tan hábil para el cálculo mental. De 50 preguntas, contestó solo 17. Le preocupó un poco, pero no mucho. Todo mundo sabía que las matemáticas no eran su fuerte.

Para la segunda parte, los nervios comenzaron a jugarle una mala pasada. El sudor corría por su frente, y la vista empezó a fallarle.

Luchando por controlarse, terminó la penúltima sección. Pero ya no podía más. La presión arterial se le bajó de repente y estuvo a punto de desmayarse. Habían pasado cerca de tres horas de constante tensión, y no los pocos minutos que supuso al inicio. Apoyó la cabeza sobre la mesa y dejó pasar el tiempo, sin importarle si seguía o no contestando la prueba.

Una voz lo hizo recobrar la conciencia. Supo dónde se encontraba. Sin embargo, no quiso dar muestras de debilidad cuando la mujer le preguntó si se sentía bien. Como quiera que fuera, pensó, solo quedaba el apartado de la ortografía. Sería fácil para él terminarlo.

"Tiene usted ocho minutos para terminar", le dijo la mujer mostrando una sonrisa de aliento.

Leyó las instrucciones. Se le pedía que, en una serie de párrafos, subrayara las palabras mal escritas y las anotara correctamente sobre las líneas correspondientes.

Quiso despabilarse antes de comenzar, pero se presionó todavía más cuando oyó que la mujer le decía: TIEMPO.

Se sintió desfallecer. Hizo un esfuerzo por reaccionar, pero los ojos se le nublaron... el tiempo corría y su orgullo le exigía seguir adelante. Logró serenarse, aunque lamentó no haberse propuesto descansar lo suficiente la noche anterior para mantenerse lúcido durante el examen, no haber comido y no haberse avituallado de una botella de agua, por lo menos. Sin embargo, no había tiempo para lamentaciones, debía continuar.

Haciendo un gran esfuerzo pudo leer el primer párrafo. La primera falta de ortografía que encontró fue "héroe" sin "h" y sin acento. Corrigió otras tres y las anotó correctamente en la línea respectiva. Al llegar a la palabra "jeranio", su mente se enredó en la fatiga, no de una noche, sino de años de mal dormir: ¿estaba bien escrita o no? Buscó y rebuscó en su cerebro, y escarbó entre los conocimientos de toda su vida la forma correcta de escribirla. No obtuvo respuesta. Comenzó a preocuparse, el tiempo avanzaba, pero no podía seguir hasta no haber resuelto si "jeranio" se escribía con "g" o con "j".

La cabeza le daba vueltas, repitiéndole: ¿con "g" o con "j"? ¿con "g" o con "j"?

Un momento de lucidez le aclaró las ideas. Dejaría para más tarde la cuestión de la "g" o la "j", seguiría con el examen y, al final, regresaría de nuevo con "jeranio".

Resolvió otra palabra mal escrita. Luego llegó a "ortalisa". Cuando estaba a punto de contestar, una voz lo detuvo: TIEMPO.

La voz de la mujer lo hizo paralizarse. No supo qué hacer: ¿debía salir huyendo? Era insoportable para él que alguien viera su examen casi sin contestar justo en el campo de su *expertise*. Soportó que la examinadora le dijera que era todo, que le diera las gracias por haberse presentado, que era un placer haberlo conocido y que le deseaba la mejor de las suertes en su nuevo empleo. Todo esto le pareció una broma de mal gusto, ¿acaso la mujer se estaba burlando de él? Recordó todas aquellas veces en que ellas le dijeran una cosa, con la intención de que él entendiera otra.

Salió a toda prisa y, por supuesto, no fue a ningún restaurante a festejar. Se olvidó del hambre y de la sed y, al llegar a su casa, se tiró sobre la cama y se durmió de inmediato.

Tuvo pesadillas: soñó que era un connotado botánico que, de repente, olvidaba los nombres de las plantas y de las flores. Estas eran como personas que acudían a su consultorio para que las atendiera, pero él no podía hacerlo porque había olvidado todo sobre ellas. Las plantas, furiosas, lo amenazaban con envolverlo hasta asfixiarlo; y, si no lo evitaba, se convertiría en una de ellas.

Despertó sudando. Se levantó y tomó toda el agua que pudo. Se sintió un poco más sereno, pero todavía confundido. No sabía qué hacer: probablemente irse a vivir a otro lugar donde nadie lo conociera; o quizás, tomarse unas buenas vacaciones. Al final optó por esto último. Por eso, al día siguiente canceló todos sus compromisos de los siguientes días argumentando asuntos personales. Se fue a la terminal más cercana y tomó el primer camión foráneo que estuviera por salir. Llegó a un pueblo pequeño. Se hospedó en el único hotel del lugar y trató de dormir y descansar. No pudo. La cabeza seguía dándole vueltas. Pasó la noche en vela. No dejaba de pensar en la burla de que sería objeto una vez que se supiera el resultado del examen, no solo entre la comunidad universitaria, sino en el mundo entero.

Él nunca supo que jamás, nadie, revisaría su examen: solo se archivaría para incluirlo en su expediente, como un mero trámite.

Al día siguiente, con los estragos de una noche más sin dormir y sin haber probado suficiente alimento, salió a caminar con el propósito de relajarse un poco. Anduvo dando vueltas sin dirección precisa. No tenía apetito y seguía prácticamente en ayunas. Llegó a un mercado y entró; comenzaba a sentir hambre. Curioseando por los pasillos llegó a un puesto en donde se vendían plantas. En una maceta leyó: "jeranios".

Al ver aquella palabra que la vendedora había escrito con mala ortografía, los recuerdos se agolparon en su mente, con la fuerza de un mazo, y se desplomó.

En un cuarto de hospital recuperó el conocimiento. Confundido, forzó su mente para comprender su situación. La palabra hospital se negaba a aparecer en su memoria: ¿debía imaginársela con "h", o sin ella?

La misma mala pasada le jugó su memoria con el resto de las palabras. Dudó si el órgano que latía aceleradamente en su pecho se escribía con "z" o con "s"...

Lo mismo le ocurrió al querer pronunciar alguna palabra, así que no se atrevió a decir nada, por miedo a que se dieran cuenta de que "hablaba con demasiadas faltas de ortografía".

Dos meses más tarde, en el hospital psiquiátrico, no toleraba que le dirigieran la palabra, a riesgo de sufrir un ataque de histeria porque le era imposible definir la ortografía de todo lo que oía.

Pero, al cabo de algún tiempo, se percató de que su dominio del lenguaje había vuelto: era tan bueno, o incluso mejor que antes. Para demostrárselo al mundo se volvería poeta y haría los mejores poemas que se hubieran escrito.

Se hizo de un lápiz y un papel para comenzar con el primero de ellos, uno de muchos más que escribiría después:

riutymnoble, siduy, iutra
losiduyt nitdrises
jisusy gatars defufifuy
sisulu sys stas

sasgody hyster, hyster
sasus sabe beshis besy
sana yesta nonsu

samsamkisus saha jasaus
sajesy hasystas lolloki
shasy hodydoli

kifufy lodi bugydres
solso fafi salso masus
dopo hijo fytas
sol kodi dugy

...

¡Qué satisfecho estuvo siempre de ellos!

64

El príncipe y la princesa

Juan Ignacio Ortega

Había una vez un príncipe. Disfrutaba beber y contar sus andanzas en la taberna del pueblo. Un día, alguien contó que una princesa estaba atrapada en lo más alto de un castillo. El príncipe, valiente y gallardo como era, no dudó en ir a rescatarla. Su premio, por supuesto, sería desposar a la princesa, de quien se decía, era la más hermosa de los siete reinos.

El príncipe montó su corcel blanco, blandió su espada y, entre aplausos y vítores de los pueblerinos, se lanzó a la aventura.

Al llegar al pie del castillo, jaló la correa de su caballo y este se levantó en dos patas y relinchó. La princesa asomó su rostro angelical por la ventana. Él, embelesado, se apresuró a trepar entre espinas con tal de llegar al lado de su amada.

A la mitad del ascenso, el príncipe se preguntó dónde estaría el dragón que se suponía acechaba a la princesa; tampoco tuvo que luchar contra guardias armados ni evadir flechas. Pensó que este sería, seguramente, su día de suerte.

Jadeando y sudando, llegó por fin a lo más alto. Se recargó un momento en el marco de la ventana y, al levantar la mirada, vio a la princesa completamente desnuda. Sus ojos verde esmeralda y su sonrisa cautivadora ensartaron en el corazón del príncipe la certeza de su amor eterno. Sus curvas y su piel anacarada despertaron en él los más fuertes instintos.

El príncipe se acercó a ella. La princesa lo despojó de su ropa y lo recostó en su camastro.

El príncipe intentó hablar, pero la princesa lo calló poniendo un dedo en sus labios.

– Shhh –susurró.

La princesa acomodó su larga cabellera, abrió la mandíbula, mostró unos dientes afilados… y devoró al príncipe.

El Batra

Ricardo Cuéllar Santín

La fila de espera era bastante larga. Melesio Rosales Frías estampaba dedicatorias sobre su más reciente libro y muchas personas querían una; su éxito como escritor era contundente. Al menos treinta personas esperaban formadas antes de que tocara el turno al Maqueta para poder saludar y obtener la firma del afamado autor.

El Maqueta estaba seguro de que Melesio se acordaría de él, a pesar de que hubieran pasado varios años sin verse.

Aunque nunca fueron buenos amigos, habían vivido muchos años en la misma cuadra, jugado en el mismo equipo de fut y hasta cursado el tercero de secundaria juntos. El Maqueta había sido un excelente delantero y sus notas escolares eran mucho mejores que las de Melesio; esas cualidades se recuerdan siempre, ¿cómo podría olvidarse de él su antiguo vecino? Incluso, probablemente, lo consideraría su amigo.

En la escuela, a Melesio le decían El Batra porque, además de ser muy moreno (prieto, le decían con desprecio), era cabezón y tenía los ojos saltones. El apodo aludía a un sapo o batracio. Al Maqueta nunca le gustó juntarse con él porque "siempre andaba de vago, perdiendo el tiempo". En cambio, el Maqueta prefería aprovechar el día en algo más productivo: en construir –decía– "las bases para su desarrollo, para hacer de su vida un éxito, para triunfar y llegar a ser famoso"; el fin último en su vida, su obsesión, era la fama, así que todo lo que hacía, pensaba o planeaba estaba encaminado a ese fin. Su apodo tenía que ver con eso. Decía que cada instante lo ocupaba en ir diseñando su vida, justo como si estuviera haciendo "una maqueta", con la cual estructuraba el mejor plan para conseguir su propósito: ser mundialmente famoso.

A la vista de los demás, sin embargo, la "maqueta" que cada día trazaba para lograr sus objetivos no pasaba de ser un risible dibujo, desparpajado y con notas a los lados, que carecía de forma y de sentido.

Una parte de su proyecto consistía en hacer lo necesario para "abrirse puertas". Aunque lo cierto es que lograba justo lo contrario. Cuando se colaba a una reunión de personajes importantes de la vida pública, con descaro insultante se conducía como si los conociera de toda la vida. Tal confianza llegaba a ser tan molesta, que casi siempre era alejado a empujones y echado a la calle por la fuerza.

Con el tiempo, la gente comenzó evitarlo, mientras que sus cuates de la banda no dejaban de burlarse de él, frente a aquella obsesión que llegó a ser para ellos a la vez que aberrante, chistosa y desesperante.

–¡Qué onda, ese Maqueta, y ahora qué nuevas nos traes! Como pa'cuándo más o menos irás a salir en la tele. Como pa'cuándo más o menos vas a ser famoso.

–¡Qué onda ese mi Maqueta, ¿no habrá modo de que nos roles unos autógrafos ahorita que estás aquí, antes de que vaya a ser difícil volver a verte?

Tanta burla y evasión fue haciendo del Maqueta un ser solitario, aunque no menos obcecado por la fama y por "demostrar a ese montón de vagos que de él no se iba a burlar nadie". Muchas veces soñó con ver a cada uno de ellos haciendo fila durante días enteros para conseguir un autógrafo suyo.

Con el correr del tiempo, todo alrededor de su vida parecía haber cambiado. Los cuates de la cuadra habían emigrado hacia distintos rumbos y, de un golpe, los años se le vinieron encima. Su maqueta —el plan labrado durante más de veinticinco años—, se había convertido en un mar de contradicciones que, para entonces, a sus treinta y seis, lo tenían sumido en un gran desconcierto; de pronto, nada parecía tener pies ni cabeza.

No se había dado cuenta de su fracaso hasta que vio por primera vez aquella fotografía del Batra en un periódico.

Es cierto, también él había aparecido ocasionalmente en algunos diarios, pero solo por andar de comparsa, de pegoste de algún "hombre importante", y no por méritos propios. Gracias a su autoengaño se decía a sí mismo que tenía tanto mérito como aquel a quien se le había arrimado, pero, muy dentro de sí, sabía que no era más que un triste y grotesco pegoste.

Ahora el Batra era motivo de la nota periodística y estaba en el primer plano de la fotografía.

¿Cómo era posible —se preguntó— que aquel mediocre pudiera tener tanta suerte como para alcanzar lo que él, con tanto ahínco, había buscado, sin lograr, toda su vida? Cómo, que el Batra coqueteara con el éxito mientras él seguía perdido en el olvido. ¿Sería que su maqueta había fallado?

En realidad, no podía hablarse de una sola maqueta, pues los caminos recorridos habían sido muchos: los del arte, la actuación, la política y los negocios habían sido andados y reandados y, aunque pudo lograr algunos resultados menores e incipientes por el empeño e interés en lo que hacía, al final nunca correspondieron a los esfuerzos invertidos. En definitiva, no podía hablarse de éxito y mucho menos de fama.

Había intentado ser actor. Después de varios años pudo conseguir un par de papeles como extra en algunas películas. En la primera había salido en una escena únicamente cinco, diez segundos. En la segunda casi un minuto, de espaldas: nada para comentar en casa. Muy a su pesar se dio cuenta de que el asunto no era por allí.

Probó fortuna en el arte: quiso ser escultor. Pero sus obras nunca fueron tomadas en cuenta y solo algunas llegaron a ser adquiridas por parientes, que las compraron por echarle una mano y no porque en realidad les hubieran gustado. Ninguna de sus obras ocupaba un lugar de honor en casa alguna y, en cambio, permanecían arrumbadas en cualquier esquina oscura de algún cuarto de huéspedes.

Optó por la política. Pero nada.

Carecía de talento para dedicarse al arte, y de carácter, para la política.

Luego los negocios, con tan magras ganancias que no pudo comprar con ellas ni un poco de fama. En cierta ocasión invirtió un poco de dinero para salir en la página de sociales de un periódico más o menos reconocido pero, para su mala fortuna, la fotografía apareció muy oscura y, por si fuera poco, al pie de la imagen se leía el nombre de una dama que ni siquiera conocía, en vez del suyo.

Así que en los negocios, mal y de malas.

Por último, intentó escribir, pero no pudo concebir una historia que valiera la pena. Quienes llegaron a leerlo le dijeron con franqueza que sus obras eran malas. Los editores las rechazaban al instante por la misma razón.

Fue justo en esa etapa cuando tuvo noticias del Batra, al ver en el periódico su fotografía. De inmediato corrió a la librería más cercana y adquirió su libro; según la nota, su primera novela. Le dio curiosidad por saber lo que había publicado.

La leyó apasionadamente, prácticamente de un jalón. Quedó fascinado; la crítica había hecho justo honor a la calidad de la novela. Debía reconocer que era muy buena. Sin embargo, pensó, no era para tanto, aunque ese pensamiento obedecía más al deseo de no demeritar lo que él mismo había escrito, que al de hacer una crítica justa al trabajo del Batra.

Seguramente, continuó, su antiguo compañero solo había tenido un ratito de lucidez creativa. Los diez minutos de iluminación intelectual que todo mundo tiene al menos una vez en la vida, y hasta allí. Después volvería a su mediocridad habitual, no podía ser de otra forma.

Y, aunque había pensado buscarlo para comunicarse con él, lo más seguro era que no valiera la pena, ni siquiera para hacerle un par de comentarios en torno a su obra.

Además, para entonces, ya había planeado lo que iba a hacer para superar a aquel tipo a quien siempre había visto como inferior. Si el Batra había podido hacerse de cierta fama con un libro, aunque bueno, no era para considerarlo del otro mundo. Él mismo podría escribir historias mucho mejores, más interesantes, con un mejor lenguaje, y con temas de mayor interés.

Cuando supo de su segunda obra, menos aún quiso comunicarse con él. Según su punto de vista esta última novela no era tan buena como la primera, lo que confirmaba su teoría acerca de su mediocridad, a pesar de que la crítica la elogiaba todavía más que a la primera. De cualquier forma, no podía ser más que otro golpe de suerte.

Con la tercera novela comenzó a tener serias dudas con respecto a sus procedimientos y su capacidad para conseguir sus fines. Pero, si Melesio había podido llegar a donde él hubiera querido, todavía le quedaba intentar por los mismos caminos del Batra. En ese momento consideró más seriamente la posibilidad de acercársele, pero solamente con el fin de conocer "el truco" que utilizaba como escritor y que le serviría para conseguir sus anhelos.

Sin embargo, las dudas sobre sus propios talentos lo obligaron a plantearse: ¿Verdaderamente había nacido para ser famoso? ¿Había invertido toda su vida en una quimera que jamás podría convertir en realidad? ¿Había vivido en vano?

A partir de ese momento no pudo dejar de seguirle la huella a su antiguo conocido. A veces se armaba de valor para encontrarse con él, pero más tardaba en concebir la idea que en desecharla.

Durante cinco años fue arrastrando esa idea, y aplazándola a pesar de que, en un sinnúmero de ocasiones, estuvo a punto de toparse con él.

Así fue como, poco a poco, fue convirtiéndose en un admirador secreto de Melesio. Primero con el pretexto de querer conocer solamente "cómo se le hacía" para escribir un libro de éxito. Luego, por la afición adquirida hacia sus libros. Por último, por una especie de veneración que, a pesar de insistir en negarla, terminó por reconocer.

Investigó cada detalle de su vida, en especial desde que había dejado de verlo, cuando habían terminado la preparatoria, él con buenas notas, y el Batra aprobando de panzazo. Quiso detectar el momento justo en el que el Batra había comenzado a escribir y dejado de ser un vago. Probablemente, a su edad, todavía sería tiempo de seguir la ruta que a Melesio le había dado tan buenos resultados. Le parecía algo increíble que aquel tipo, sin aparentemente mucha brillantez, estuviera teniendo éxito en algo en lo que a él mismo le hubiera gustado triunfar.

Con el tiempo, llegó a conocer casi toda su historia de vida, e hubiera podido escribir la mejor biografía sobre el afamado Melesio Rosales Frías. Leyó todas las entrevistas que le hicieron. Vio todos los programas de televisión donde aparecía. Interrogó a todas las amistades en común que pudo localizar, y a parientes, vecinos, maestros de las distintas escuelas a las que había asistido. No obstante, a pesar de los años, lo que aún no estaba dispuesto a hacer era buscarlo personalmente. Tampoco se había atrevido a hablarle por teléfono, más que en una ocasión, cuando le marcó y, al momento de oír su voz, de inmediato colgó. No había querido correr el riesgo de que el Batra le devolviera los malos tratos y las burlas que le había hecho cuando, entonces, lo consideraba un ser sin futuro. Había llegado a despreciarlo porque lo consideraba un vago que no hacía otra cosa que estar todo el tiempo con la banda, echando a perder su vida.

Todos esos recuerdos pasaban por su mente cuando se sorprendió al ver que la fila avanzaba más rápido de lo que hubiera deseado, a pesar de que aún quedaban alrededor de quince personas delante de él.

El día anterior había leído en el periódico que se llevaría a cabo la presentación de su séptimo libro. Esa noche, no pudo conciliar el sueño. Estuvo debatiéndose si debía ir personalmente a saludarlo, o no. Siendo un admirador tan obsesionado en su obra, hubiera podido conseguir un ejemplar incluso antes de su presentación formal. Sabía muy bien cómo hacerlo. Pero, por esta vez, muy a propósito, no lo hizo. Siempre había utilizado el mismo pretexto para evadir encontrarse con él: "Si ya tenía el libro, y hasta lo había leído, no valía la pena estar en su presentación. Y la dedicatoria, bueno, ese era otro asunto, ya habría la forma de conseguirla después. Si Melesio habría de dedicarle sus libros, tenía que hacerlo con un mensaje especial, no con cualquier dedicatoria. Probablemente lo hiciera después de una elegante cena entre los dos, que para entonces serían buenos amigos, una vez que se hubieran olvidado las inconveniencias ocurridas durante la niñez y la juventud. Sí, por qué no, una buena cena entre dos viejos amigos, ambos triunfadores en la vida, y famosos".

Con los seis libros anteriores se había arropado en ese mismo pretexto: una dedicatoria después de una espléndida cena, cuando entonces él y el Batra fueran excelentes amigos.

¿Melesio o el Batra? El Batra, ¿por qué no decirle así, si sus cuates lo seguían nombrando de esa forma? Él mismo lo llamaría así porque estaba seguro de que no se molestaría al escuchar su eterno apodo. Incluso, hasta en sus dedicatorias más sinceras —para los cuates, como solía decir él—, acostumbraba dibujar una rana estilizada como firma, al calce de la cual plasmaba una elegante rúbrica: "el Batra".

Probablemente en esta ocasión, cuando se diera cuenta de que la persona que lo saludaba era su compañero, su amigo, el Maqueta, también utilizara un Batra como firma, y así comprobaría que su dedicatoria había sido sincera, especial, para un amigo. Quizá entonces, después de esto, pudiera concretarse la tan soñada cena.

Conforme la fila avanzaba, se fue planteando la posibilidad de que todo le saliera al revés. Por eso, si en primera instancia había pensado abandonarla para colarse hasta donde estuviera el Batra y saludarlo con un efusivo abrazo, luego pensó que mejor sería llevar las cosas con prudencia y precaución. Y es que, de pronto, vinieron a su mente algunos sucesos incómodos que vivieron en su juventud. Recordó que, en tercero de secundaria, había insultado varias veces a Melesio por su apariencia y por sus notas bajas en la escuela. Además, no habían sido pocas las veces en las que el Batra le había pedido que le ayudara con las tareas de la escuela, pero nunca quiso echarle la mano. ¿Por qué ayudar a un triste vago que lo único que hacía era perder el tiempo con los amigos? Si quería llevar la tarea, que se pusiera a hacerla.

Ese recuerdo le hizo pensar si sería mejor sondear primero el terreno. Tal vez lo más conveniente fuera seguir formado como el resto de la gente, e incluso irse hasta el final de la hilera, con la idea de notar las reacciones y el estado de ánimo del Batra, e ir moldeando un plan, con todas las variantes posibles, para luego actuar en consecuencia.

Ocho personas lo separaban del Batra. Se preguntaba si, en caso de que no volteara a verlo como había hecho con otras personas, le preguntaría su nombre para estamparlo con su puño y letra en la primera página de su ejemplar, y si al oír su nombre debía dárselo o mejor decirle su apodo, el Maqueta; y si, al escucharlo, al final firmaría con un Batra, o no. ¿Lo reconocería, o se habría olvidado de él?

Estaba muy nervioso. Intentó serenarse. Respiró profundamente. Se secó el sudor varias veces. El sudor volvía a bañarlo a pesar de que no hacía tanto calor. Cuatro personas. No podía controlar los nervios. ¿Cómo presentarse? ¿Alzaría la cara Melesio para verlo? Ojalá que mejor no lo hiciera.

Volteó hacía su espalda para contar las personas que había formadas detrás de él. Diez, aproximadamente. Intentó hablar para aclararse la garganta, no pudo emitir palabra alguna, la tenía completamente cerrada.

¿Y qué tal si Melesio se paraba de su silla para abrazarlo? ¿Y si no? ¿Y si por el contrario se negaba siquiera a poner cualquier cosa como dedicatoria? No estaba preparado para hacer el ridículo. Sintió que iba a desvanecerse. Se le nubló la vista y comenzó a sudar frío. Decidió salirse de la fila. Había visto que estaban ofreciendo bebidas de cortesía a los asistentes. Se dirigió a la mesa, tomó un vaso de refresco, vertió en él una buena cantidad de hielos, dejó que su bebida se enfriara lo suficiente y luego se la tomó de un trago. Volvió su vista hacia la fila. Seguían formándose personas en busca de una dedicatoria. Ahora había de nuevo veinte, quizá veinticinco formados.

Bueno, eso le daba suficiente tiempo para serenarse. Total, se decía, qué puede pasar, lo peor sería que se negara a dedicarle el libro. En ese caso podía darle cortésmente las gracias, con un dejo de indiferencia, más aún, menosprecio, y abandonar dignamente el lugar, como si nada hubiera pasado.

Trató de convencerse de que el asunto, después de todo, no era para tanto. Pero no pudo. Al final de cuentas tal vez no resultara tan simple. Si se negaba a darle un autógrafo, probablemente algún reportero que estuviera mirando quisiera saber las razones de la negativa y, para indagar, entrevistaría al Batra.

Entonces, tendría que confesar lo mal que había tratado en su juventud al ahora afamado autor, hablaría de las tareas y de las burlas, de cuando siendo el mejor jugador del equipo se había negado a jugar si aquel tipo color de sapo, ojos saltones y cabezón, era también alineado. Saldría entonces a la luz pública que el Batra había tenido que cambiarse de equipo porque el Maqueta no había querido ser su compañero, "porque además de mal jugador, estaba muy feo".

Mientras bebía otro vaso de refresco repleto de hielo, trató de convencerse por enésima vez de que estaba exagerando: el Batra no podía ser tan inmaduro, ni podía ser tanto su resentimiento como para no haber olvidado situaciones que se dan cuando uno es joven, casi niño. No podía creer que pudiera ser así un hombre exitoso y con tanta fama. Exageraba, a todo mundo, tarde o temprano, le pasa algo similar. ¿Acaso él no había sido también el blanco de las burlas solo por dedicarse a hacer el proyecto de su vida, su maqueta?

Cuando, de nuevo, quedaban solo siete personas en la fila, se volvió a formar. Dos más (quizá los últimos) se pusieron detrás de él, y los dejó avanzar mientras se pasaba detrás de ellos. Quería ser el último.

Muy pronto se dio cuenta de que intentar ser el último solo era una demanda de su inconsciente para evadir, como muchas otras veces, la realidad.

Una vez más comenzó a sudar. La fila avanzaba más rápido de lo que él hubiera querido. Otra persona llegó a formarse, y la dejó pasar también.

Cuando pudo verle de cerca la cara al Batra había cuatro personas delante de él. Los nervios nuevamente lo hicieron bañarse en sudor. Las pocas servilletas que había podido conseguir no se daban a basto para secar el profuso líquido que insistía en escapársele por los poros. La vista se le volvió a nublar pero, el lugar de desmayarse o de perder la conciencia, sintió que la mente se le aclaró.

En un momento de serenidad volvió a fijar su vista en el Batra. Fue entonces cuando el autor alzó la vista para ver cuántas personas tendría todavía que atender. Vio al Maqueta a los ojos, pero sin darle importancia al hecho. Probablemente no lo reconoció. Sin embargo el Maqueta interpretó el hecho como una muestra de desprecio, aquello a lo cual había temido durante tantos años.

Nunca supo a qué hora se salió de la fila, ni a qué hora abandonó el auditorio, ni cómo había llegado a su casa. Solo se percató de la estupidez de su proceder cuando vio el libro sobre su cama, lo abrió en la primera página y se dio cuenta de que ninguna dedicatoria había escrita sobre ella.

Fue entonces cuando recordó que el Batra era miope; toda su vida lo había sido. Que siempre tuvo dificultades para ver bien. Esa era la razón principal por la cual le costaba trabajo ir bien en la escuela, hacer sus tareas, jugar futbol y hasta reconocer a las personas.

Qué tonto había sido, no lo había rechazado, simplemente no había podido verlo bien; menos reconocerlo. ¡Qué alivio, menos mal! ¡Ah! ¿y sobre la dedicatoria? Bueno, ya habría la forma de conseguirla después, cuando le firmara todos sus libros, de manera especial... Seguramente después de una elegante cena, cuando fueran excelentes amigos..., una vez que se hubieran olvidado las inconveniencias ocurridas durante la niñez y la juventud... Sí, por qué no, después de una buena cena entre dos viejos amigos, ambos triunfadores y famosos...

El sendero de las flores

Juan Ignacio Ortega

Soy un viajero empedernido, de esos que coleccionamos aventuras con una mochila en la espalda.

Llevaba un par de horas caminando, cuando algo llamó mi atención: era un sendero flanqueado por miles de botones de hermosas flores. Me desvié hacia ahí, dominado por la curiosidad de ver a dónde conducía. La superficie de la senda era muy suave, como de madera humedecida. Me quité las botas. Mis pies lo agradecieron. A poco rato, una capa de neblina invadió el camino y se hizo tan densa, que solo podía orientarme por el color luminoso de las flores.

El camino conducía a una estación de tren. La construcción de madera parecía completamente nueva. Una placa instalada en la entrada anunciaba:

ESTACIÓN DESCENTRALIZADA INAUGURADA POR
EL SEÑOR GOBERNADOR DEL ESTADO LIBRE Y
SOBERANO DE OAXACA
DON JUAN JIMÉNEZ MÉNDEZ
EN EL AÑO DE 1917
ALTITUD: 180 m
OAXACA: 12 km
MÉXICO: 448 km

Las paredes de la estación parecían recién pintadas; las ventanas estaban limpias, y el aire olía a aceite. En la entrada había un gran tapete bordado con la palabra BIENVENIDOS. La estación parecía vacía y salí al andén.

— ¡Buenas tardes! –gritó un anciano de bigote tupido.

— Buenas –contesté yo, llevándome una mano al pecho por el susto.

El anciano llevaba un saco cruzado adornado con seis botones dorados al frente, sombrero con visera, y en una de sus manos sostenía un banderín rojo.

— Me ha puesto un susto de muerte –dije.

— ¿Espera el tren de San Buenaventura? –preguntó.

— Supongo –contesté–. Él me miro de arriba abajo, acarició su bigote y añadió:

— Si va a Buenaventura, le aconsejo comprar su boleto ya. Cuesta 50 centavos.

Entré a la estación y me dirigí a la ventanilla. Detrás de los barrotes había una señora menuda con anteojos de aumento.

— ¡La ventanilla cierra en cinco minutos! –gritó, haciéndome señas para apurarme.

Hurgué en uno de mis bolsillos y saqué un puñado de monedas que no reconocí. Todas tenían grabados extraños.

— ¡Estoy por cerrar! –me recordó la cajera.

Seleccioné una moneda de cincuenta centavos y pagué.

El pitido del tren acompañado por el rugido de la máquina doblando los rieles me hizo sentir como niño en parque de diversiones.

– ¡Todos a bordoooo! –llamó el celador. En mi prisa por abordar, apenas noté que nadie más subió.

El vagón de tercera clase al que trepé estaba a reventar. Había gente fumando, gritando, riendo. Me abrí paso a través de guacales llenos de mazorcas, guajolotes atados por las patas, gallinas intentando volar. La mayoría de los hombres vestían pantalones y camisas de manta; las mujeres usaban rebosos, blusas con bordados de flores. Todos calzaban huaraches. Supuse que era inútil buscar el número de mi asiento. Casi al fondo del pasillo había un lugar desocupado. Me acerqué y la anciana que estaba a un lado levantó su canasta para que me sentara.

– Me llamo Jobita –dijo.

– Javier –contesté yo–. Acomodé mi mochila en el piso del pasillo.

Durante gran parte del viaje me enteré de la historia del pueblo de San Fernando, de donde eran casi todos los pasajeros. Al parecer, la hambruna causada por las sequías y la construcción de carreteras los había obligado a dejar su lugar de origen. La anciana hablaba despacio y de vez en vez chupaba gajos de mandarina. Me ofreció uno y lo acepté con gusto. El sabor dulce me refrescó.

– ¿Qué piensan hacer en San Buenaventura? –pregunté.

– Vamos en busca de una vida mejor –dijo Jobita–, pero será lo que Dios quiera.

Una gallina pasó aleteando a mi lado. Un niño se abría paso, tratando de alcanzarla. Del otro lado de la ventana desfilaban magueyes y nopaleras. Cerré los ojos y me quedé dormido, no sé cuánto tiempo. Cuando por fin llegamos al pueblo, me ofrecí a ayudar a Jobita con su canasta.

En cuanto descendimos del tren, se hizo el silencio. Los hombres acomodaron sus sombreros, las mujeres cubrieron sus cabezas y rostros con los rebozos. Esta, sin duda, era la aventura más extraña que había vivido. Avanzamos muy despacio sobre una calle de tierra seca. Tres zopilotes nos siguieron con la mirada desde un techo de tejas.

La procesión pasó primero frente a la iglesia, donde todos se persignaron de rodillas. Yo los imité y continuamos hasta llegar al panteón del pueblo. Resplandecía. Había velas y flores por todos lados. Ahora la gente rezaba. Seguí a Jovita hasta que se detuvo a la sombra de un laurel. Me agradeció por ayudarla. Tomó su canasta y se despidió.

Quise decir algo, pero ella levantó su mano y señaló al piso. Bajé la mirada y ahí, entre hierbas secas y telarañas, había una lápida con mi nombre. Dejé caer la mochila. Entendí entonces que este, había sido mi último viaje. Respiré hondo, levanté mi rostro para sentir el calor del sol, el viento en mi rostro y disfrutar del aroma del cempasúchil.

Después, entré en mi tumba y cerré los ojos.

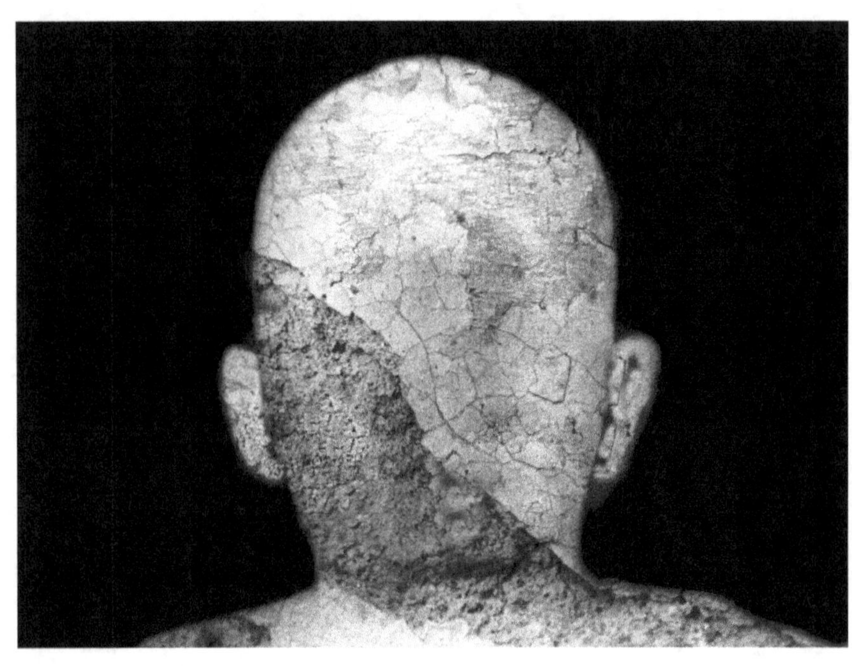

Dicen que es la tierra

Ricardo Cuéllar Santín

I

— ¡Oiga joven!, qué bueno que me lo encuentro, hacía varios días que no lo veía por acá, por estos rumbos... ¡No, no se me espante!, no tenga miedo. Nada más quiero platicar con usted un par de asuntitos que tengo por ahí atravesados; después, si quiere, se va. Tenía preocupación de que no fuera a regresar, luego cómo le iba a hacer para darle gusto a mi Julieta, y de paso a mi mujer, que desde hace mucho está duro y dale para que platique con usted...

No crea que les hice caso así nada más y ya..., no joven. Yo les decía que nos esperáramos un poco, que tuviéramos calma, que el mismo tiempo fuera el que arreglara las cosas. Para qué adelantarnos a lo que, como me decían, de todos modos tiene que pasar.

Pero después de estar duro y dale me convencieron de que este problema había que arreglarlo de inmediato, no fuera a ser que se nos pasara de maduro y luego ya no tuviera remedio, especialmente por lo que fuera a decir su mamá, joven..., al toro había que agarrarlo por los cuernos para que las cosas no terminaran donde no queremos, y luego tuviéramos que arrepentirnos toda la vida. Para ser claro, que no fuera a ser que usted se nos atontara y, por bruto, acabaran por ganarle el mandado. Me entiende, ¿no?

— ¡La verdad, señor, no sé de lo que usted me esté hablando..., yo nada más pasaba por aquí porque es el atajo más corto para mi casa! ¡Pero ya me iba..., ya me iba..., con su permiso!

— ¡No hombre, qué permiso ni qué ocho cuartos! ¡¿No le digo que no se me espante?! Si es por el machete, no le haga caso, que nada más lo traigo por pura costumbre. Sabrá usted que es como los calzones para los que somos de por estos rumbos. Luego se necesita para cortar leña, abrirse camino entre la hierba, limpiar los troncos para las cercas, y cosas así; a veces, sí, para ahuyentar a uno que otro merodeador..., pero a usted no, joven, tenga confianza, a usted no...

— ¡No es por el machete, señor, pero no vaya a ser que no me tenga ley y...!

— ¿Y quien le dijo eso, joven?

— Puesss...

— Está bien, está bien. La mera verdad como que al principio no me caía bien. Vaya si le costó a mi mujer convencerme de lo contrario. Pero sabrá usted que a los que nos pasamos el tiempo conviviendo con la tierra nos da por defender lo que tanto trabajo nos ha costado tener. Las propiedades, nuestros animalitos, la familia, las hijas... no son cosas que consiga uno para que venga otro y se las lleve así como así. Pero también ha de saber de lo tercas que son tanto mi mujer como mi hija como para quitarles una idea de la cabeza. ¡Venga joven, le invito un trago!

— No señor, muchas gracias, no tomo... Además, ya se me hizo tarde...

— ¿¡Que no toma!?, ¿¡cómo que no toma!? A chirrión, mmm... Pero no le aunque, de todos modos acompáñeme con doña Lencha, vamos a ver si está de humor para fiarnos unas cervecitas, que me muero de sed..., ¿qué dice?

— Bueno..., pero un rato nada más, no quiero que se me haga tarde...

— ¡Mire, joven, al parecer doña Lencha sí está de buenas! ¿No quiere aunque sea una?

— No señor, gracias, en serio, no tomo...

— Ta´bueno, ta´bueno. ¡Pero ah qué tiempos!, yo a su edad ya me ponía mis buenas guarapetas.

— ¿A mi edad?... ¿Sabe usted cuántos años tengo?

— Pues claro, aunque no lo crea estoy bien enterado. Anda usted por los dieciocho, ¿qué no? Por eso digo que ya está en edad de echarse unos tragos.

— Bueno, pero nada más uno.

— Sale pues. ¡Doña Lencha!, a ver, écheme un par de cervecitas por favor. No es por nada pero, desde que yo estaba chavalillo, ya tomaba como los campeones; había que "despertar" más temprano. Ahora me he dado cuenta de que la escuela como que medio atonta a los chamacos de la actualidad. Antes, en cambio, tenía uno que forjarse a golpes de azadón y pala...

Ha de saber que, por ser el mayor, tuve que trabajar la tierra desde antes de aprender a hablar... No pude ir a la escuela; apenas como que medio escribo y leo. Fue mi madre, que había estudiado hasta tercero, la que me enseñó las letras y los números con la esperanza de que algún día mi padre me dejara estudiar. Pero no, mi padre decía que era perder el tiempo, que para labrar la tierra no se necesita más que tenerle cariño y trabajarla duro.

Mi padre sí que era muy chambeador, pero también muy macho. Lo tenían como el azote de las chamacas, desde joven. Varias veces tuvo que huir para que no le dieran un balazo. Aun así, no faltó quien le metiera una bala entre las costillas; era fuerte y por eso la libró. Luego como que medio sentó cabeza... Bueno, sentar cabeza es un decir, porque seguido se llegaba a saber que andaba rondando la casa de tal o cual viudita o dejada del pueblo. Eso sí, ya casado se cuidó mucho de no meterse con mujeres que tuvieran dueño...

No sé, joven, pero yo, mucho más chamaco de lo que está usted, ya sabía muy bien cómo bajarme las calenturas de la edad, él mismo me enseñó cómo. Aunque arrejuntado con mi mujer –porque por acá casi nadie se casa– ella sí que supo hallarle al modo de ponerme quieto... Un día que se enteró de una movidita estuvo a punto de dejarme inservible con el machete que usábamos para cortar la milpa. Nada más esperó a que anduviera medio borracho para volarme de un tajo lo que me hubiera hecho sentir vergüenza. Claro que nada más fue el susto, si no, imagínese usted dónde anduviera ahorita; un sustote que hizo que se me quitara rapidito hasta lo briago... Pero dígame usted, a esa edad cómo le hace uno para bajarse las calenturas cuando la mujer está embarazada y no anda con ánimos de complacerlo a uno. Apenas teníamos como año y medio de vivir juntos y ella estaba esperando a la Julieta... ¡Salud, joven!

– Salud.

– Fíjese que usted me recuerda a su padre, tal vez por eso me cae bien...

– ¿Conoce a mi papá...?

– ¡Pues claro! Tenía tiempo de no verlo, pero sí, lo conozco. Lo conocí en una feria hace muchos años, desde que usted estaba re chilpayate..., quién iba a decirlo... Esa vez nos tomamos algunas copitas juntos. Luego nos frecuentamos algún tiempo intercambiando lo que nos sobraba de la cosecha: yo le mandaba chile y maíz y él calabaza y frijol...

Hace poco vino a vernos a mi mujer y a mí para tratar el asunto que quiero platicarle. Vino un poco a escondidas de su mamá, joven, por si fuera que ella no estuviera de acuerdo.

Usted se había ido a trabajar con un tío, nos dijo, porque tenía vacaciones, y su mamá andaba visitando algunos de sus parientes en la capital...; tengo entendido que ella es de otras ideas... Su padre también me contó que había dejado de trabajar las tierras para dedicarse al comercio, y que no le va mal según me dijo. Pero quiere que usted se forje como todos los que nacimos en el campo y que continúe con las tradiciones que aún ahora seguimos conservando en nuestros pueblos. Por ahí de paso me hizo ver que a lo mejor a usted le hacían falta algunas ampollas en las manos, entre otras cosas más, para darse cuenta de lo que es pertenecer a la tierra... y conocer y sentir con el alma lo que son las costumbres de por estos rumbos, ¿cómo ve?

— ¿Le dijo mi papá que le parezco flojo o...?

— No, joven, su papá no dice nada de eso..., ni tampoco que le tenga miedo al trabajo ni a la labranza; a la tierra, pues. Más bien, dijo, como que le daba la impresión de que a usted parecía estársele metiendo una idea en la cabeza..., y bueno. Parece que le encontró unas cartas por ahí..., usted sabrá mejor que yo lo que han de decir. Mi mujer misma las leyó, aunque antes de dejar entrar a su papá a la casa ya estaba muy bien enterada del asunto; mi mujer ya sabía de lo que se trataba. Si hasta la sonrisa se le puso así de grande en la cara cuando abrió la puerta y lo vio. ¡Pues, ora!, dije yo...

Ha de saber, joven, que si es lo que creemos, su padre estaría de acuerdo..., ¿cómo le dijera?, pero que su madre seguramente no, y para mí que ahí va a estar lo complicado del asunto...

— Mmm....

— Mire, antes que nada me gustaría que se diera cuenta de que mis intenciones son buenas, que me tuviera confianza. Yo ya he pasado por cosas así y sé de lo que hablo; aunque la verdad tuve suerte, mi mujer me ha salido buena. Es cierto, al principio me dieron ganas de echarme para atrás y dejarla, pero más porque no me había podido dar un varoncito que por otra cosa. Yo lo necesitaba para que me ayudara con los trabajos del campo, y tenía la creencia de que ella era la culpable de traer al mundo puras mujeres, cinco, una tras otra a pesar de que hicimos todo lo posible para que nos naciera un hombrecito. Prometimos mandas, tomamos medicinas y menjurjes y hasta fuimos a ver a doña Camila, la curandera del pueblo, para que nos hiciera una limpia y otras cosas que ella sabe hacer. Pero nada. Estuvimos inténtele e inténtele hasta que un día, la única vez que hemos ido a la capital, un doctor nos dijo que eso era culpa del hombre, no de la mujer, y que no había nada qué hacer. Al principio no le creí, hasta que nos explicó con unos dibujitos raros. Nos dijo que los hombres tenemos un titipuchal de bichos metidos dentro, y que cada uno de esos bichitos tiene la posibilidad de formar una niña o un niño. Que esos bichitos, parecidos a los ajolotes, pero que no se pueden ver, sirven para ayudarnos a tener familia. Para no hacer el cuento largo, que finalmente es culpa de los bichitos del hombre si una mujer tiene hombres o mujercitas... ¿Cómo ve?

— Espermatozoides y cromosomas, ¿no?

— ¡Ándele, algo así fue lo que dijo! ¡Charros, charros, ¿pero a poco usted le sabe a eso?!

— Pues sí, un poco, lo enseñan en la escuela.

— ¡Ha de ser, joven, ha de ser...! Pero entonces, fue como que medio le creí al doctor. Yo mismo me dije, pues si es médico y está estudiado, ha de ser cierto, no tenía por qué engañarme. Pero también como que a veces me entra la duda todavía y me dan ganas de hacer la prueba por mi propia cuenta, con alguna otra mujer. Quién quita y pega. Nada más que ¿y si me vuelve a pasar lo mismo?, me digo y pienso, ¿y nada más riego el tepache?; y entonces lo pienso mejor. Aunque ya luego se me quitan las ganas y se me olvida la idea de andar haciendo experimentos por otro lado. Total, me digo, de cualquier forma las cinco hembritas me han salido re chulas y son re trabajadoras. Para qué quiero más, me vuelvo a decir, y ya luego me conformo...

Si, joven, han pasado veinte años desde que mi mujer y yo nos juntamos. Me acuerdo bien cuando la vi por primera vez. Yo iba para los diecisiete y ella acababa de cumplir los dieciocho. Estaba delgadita y era ágil.

Comenzó a pasar todos los días frente a la milpa para ir a dejarle de comer a su padre –que en paz descanse–, que tenía la suya del otro lado del monte. Yo vivía aquí. Siempre he vivido aquí. Después de que no hubo más remedio, mi padre me dijo que siguiera en este lugar aunque estuviera arrejuntado con ella; que había tierra y comida para los dos... o para todos los que hubiera que alimentar. Donde come uno comen más, decía. Ya luego levanté un jacalito aquí a un lado, con cocina y todo y hasta cavé un hoyo profundo para utilizarlo como baño; y al mismo tiempo sembré una parcelita que me dio y que pronto quedó a punto para la cosecha. Nosotros éramos nueve junto con nuestros padres, y lo mismo daba que fuéramos once... También él hubiera querido más hombrecitos. Pero solo fui yo, las demás, mujeres. Seis. Por eso no quedó aquí nadie más que yo. Mis hermanas se buscaron marido y se fueron a vivir con ellos. Una anda por la capital y las otras regadas por los pueblos, creo que dos en Tierra Caliente y las otras en El Abrojo. Tiene tiempo que no sé de ellas, sus maridos no dejan que nos visiten. Ya ve, todos tenemos nuestras ideas... También supe que mi padre había dejado más familia regada por ahí, puras mujeres, como otras seis. Para mí que también buscó otro varoncito por otros lados, pero nada. O nada que yo sepa. Por eso tampoco yo lo he seguido buscando, viendo los resultados, pienso mucho en lo que nos dijo el doctor...

Desde la segunda vez que vi pasar a mi mujer me dije: esta chulada se ve que está queriendo hombre. Para entonces, dice mi mujer –y como no le voy a creer si la conozco bien–, que ya me había echado el ojo desde hacía tiempo, desde que me vio andando con unos amigos por el pueblo, y que entonces se fue directo a su casa para hablar con su madre... Su madre y ella regresaron pronto disque para verme. Y ya ve usted. Luego tuvo el permiso de llevarle la comida a su padre por aquí en vez de por el atajo del otro lado del cerro. No me quejo joven, no me quejo, me ha salido trabajadora, cumplidora, y eso ya es mucho decir en estos tiempos. Julieta, ha de saber, joven, es parecida a ella, menudita, pero correosa; chambeadora..., parece frágil, pero no. No lo digo porque sea mi hija, pero... Por ahí supe que usted también va a la misma escuela donde iba ella... Ya no la dejamos ir porque mi mujer le comenzó a notar las calenturas de la edad. A las otras no hemos querido sacarlas, pero a Julieta sí. Mi mujer dice que son otros los tiempos y que luego verá si le da permiso de que siga tomando clases. Mi mujer es de la idea de que es bueno que los hijos estudien, que son otros tiempos, que las mujeres necesitan progresar para forjarse un futuro por ellas mismas. No quiere que les pase como a su madre y a sus hermanas que las traían de las mechas por no haber estudiado. Dice que los estudios son necesarios para colaborar con sus maridos una vez casadas y para que las respeten, y que no solo las quieran para tener hijos. También dice que el futuro de la gente ya no va a estar en la tierra, sino en la escuela y en la capital. Eso da tristeza, joven. Muchos han decidido irse para allá o para el otro lado..., no sé si usted también vaya a jalar por esos rumbos. Además, me han dicho que es bueno para el estudio, aunque yo creo que también habrá de tenerle cariño a la tierra, ¿qué no?...

Para la cuarta vez que pasó, me di el valor de hablarle. Pero, sabrá usted, como que al principio se hacen las importantes. Aunque lo cierto es que saben su cuento. Y nosotros el nuestro ¿qué no? La cosa es seguir con los modos y las costumbres de por estos rumbos. Son maneras de hacer las cosas que no han cambiado desde que los abuelos de nuestros abuelos comenzaron a trabajar estas tierras. Es por eso por lo que nosotros las sabemos muy bien. La coquetería y las ganas de juntarse con alguien se mantienen hasta ahora como entonces. Se lo digo porque sé bien cómo se acostumbra hacerle cuando uno le ha echado el ojo a una mujercita que le ha echado el ojo a uno.

Para la segunda semana ya no corría tanto y dejaba como que medio la alcanzara y le dijera algunas cositas. Y para el mes y medio ya nos metíamos un rato entre la milpa. Su madre le daba permiso, siempre y cuando no hubiera algo, sino hasta estar bien seguras de mis intenciones. Por eso dentro de la milpa no pasaba nada, hasta que le dejé mi promesa de hombre empeñada. Luego pasó todo, joven, a cada rato. Qué no podrán contar esas milpas, los abrojos y los árboles.

Ha de saber, como le digo, que yo estaba mucho más chavalillo que usted. De a tiro que era un morrito, apenas de dieciséis y meses. No le aunque, joven, modestia aparte, tenía fama de haber aprendido a amar muy pronto. Dicen que es la tierra. ¡Ah! porque ha de saber que a los de por estos rumbos se nos conoce por lo querendones que somos. Por eso me extraña que usted se vea medio tiernito todavía. ¿Porque solo está tiernito, no?...

Pero no se fije mucho en lo que digo, joven, medio borracho me da por decir sandeces. Ya mi mujer me había advertido que lo que usted tenía era que había crecido medio tarde, que a lo mejor ni siquiera había despertado todavía, pero nada más. Que conoce a su mamá, gente de la ciudad, con otras ideas y otros modos, y que por la educación que le había dado necesitaba que le dieran a usted una empujadita, pero nada más. ¡Salud!

— ¡Salud!

— Ah, ¡qué rica está esta cervecita!, ¿no quiere echarse otra?

— No señor, con esta está bien, gracias.

— Uuuy, mire, ni siquiera la ha probado. Luego luego se ve que sacó las costumbres de su mamá. Aunque también creo que es la escuela. Allí les enseñan a pensar con la cabeza lo que entre los hombres del campo debe pensarse con la sangre. Lo bueno es que de todos modos usted ha de llevar mucha de la de su padre y, a poco, acabe por salir adelante...

Pues sí, ha de saber que las ganas de hombre de una mujer se huelen a leguas, joven; aunque quieran ocultarse no se puede, y es costumbre del pueblo –como tuvo que hacerlo mi padre y mi abuelo–, que con esa calentura termine uno por robarse a la mujer que lo quiera. Yo lo hice con la mía porque ni su padre ni los míos veían con buenos ojos nuestras intenciones de arrejuntarnos. Por eso tuvimos que ingeniárnoslas solos..., y qué le cuento, pues ya ve...

¿Me va entendiendo...?, ¿por qué cree que mi mujer ya no dejó ir a la escuela a la Julieta? Pues para que no anduviera regando por ahí sus quereres. La calentura se huele, joven. Aunque se apene o se ría, se huele..., ¡Salud!

– ¡Salud!

Ya que mi mujer y yo nos pusimos de acuerdo en que me la robara, porque no todos en su familia veían con buenos ojos que yo anduviera con ella, decidimos que, una noche, en cuanto su padre estuviera dormido y su madre saliera al baño, ella saldría a lo mismo, y luego jalaríamos para el monte. Entonces quedamos de vernos allá por el recodo, por donde se unen los caminos que van para Tierra Caliente y El Abrojo..., quién cree usted que nos iba a ir a buscar por entre esos cerros, y a esas horas.

Ha de saber, joven, que es necesario conservar la tradición y las costumbres. Todos los hombres de por acá hemos soñado con robarnos una mujer un día, que son cosas que desde chicos nos va enseñando la misma tierra, qué más. Así son las costumbres y así es la sangre que llevamos dentro, son los modos de por acá...

¡Doña Lencha, tráigase otro par de cervecitas por favor.

– Gracias, pero yo todavía tengo la mía.

– No se preocupe, joven, si no la quiere yo me la echo al rato, no se preocupe, no se preocupe.

Como le decía, la tradición ha de haber comenzado hace mucho tiempo, cuando era difícil tener dinero para poder casarse como se debe. Entonces las mujeres eran muy cotizadas porque había pocas y sus padres solo las soltaban con mucho dinero por delante. Por eso, dicen, surgieron los que desafiaban las balas y los machetes para salirse con la suya, para robarse a la mujer de sus amores, aunque ni sus padres ni sus hermanos estuvieran de acuerdo. La muerte estaba de por medio si no se hacían bien las cosas. Dicen, igualmente, y ha de ser cierto, que ellas mismas soñaban con ser robadas de ese modo, y al rato se llenaban de hijos que gustaban pasear orgullosas como prueba de que su hombre era de los meros buenos, cumplidor, pero también trabajador.

Ahora, la costumbre todavía sigue, aunque ya no se arriesgue tanto la vida como endenantes. Son otros tiempos. A mí me tocó vivir un poco las ideas de antes, pero otro poco las de ahora. Me tuve que robar a mi mujer y mi suegro me estuvo buscando un tiempo, pero me daba cuenta de que lo hacía nada más como para dar la idea de sentirse deshonrado, pero la vedad solo le hacía al cuento. Se veía que estaba a gusto viendo a su hija vivir conmigo. Se lo digo porque muchas veces pudo agarrarme descuidado por allá por el cerro mientras estaba trabajando, pero se hacía tarugo. Cuando me veía yo me daba cuenta de que prefería mejor irse para otro lado.

Escuche bien lo que le digo, tal vez a usted le pase un poco igual. Como los tiempos de antes no son los de ahora, ya le tocó estar del otro lado. ¿Cómo le dijera?, algo así como si el taco ya estuviera servido y nada más hiciera falta llevárselo a la boca... ¿Me entiende, verdad?...

– ¡Mmm, perdone usted, pero no..., creo que no le entiendo...!

– ¡¿Nada?!, ¡¿ni un poco siquiera?!

– ¡Pues no señor..., mmm, nada...!

— ¡Ah, pero qué tonto es usted! No se ofenda, pero creo que más que tiernito está usted muy bruto todavía... ¡A ver! Deje tomarme otra cervecita..., nada más para no enojarme, para no perder la paciencia. Si ya me lo había advertido mi mujer...

Mire, vámonos con calma. No me vaya a decir que no le gusta la Julieta. Ella misma le dijo a mi mujer que usted se ha estado carteando con ella, y no sé que otras cosas más. Mi hija me ha estado insistiendo en que le dé permiso de andar con usted. ¡Qué permiso ni que nada!, le dije. Cómo voy a permitir que mi hija ande con alguien que ni siquiera le han salido ampollas en las manos por trabajar la tierra. Pero, la verdad, usted ha terminado por caerme bien; y a mi mujer también, que al fin de cuentas es lo importante.

Y, bueno..., ¿cómo decirle?..., mmm..., pues que a la Julieta se le han estado quemando las habas por andar con un hombre... y por lo que veo a usted le ha de estar pasando igual, sino por qué andaría rondando el jacal.

— ...Bueno..., señor, había pensado hablar con mis padres para que viniéramos a pedir la mano de su hija..., pero...

— ¡¿Qué había qué...?! Ja, ja, ja, ja. No me haga reír. ¿Pos qué no me ha entendido? Ah, que muchacho tan sonso..., cómo se ve que también lleva dentro mucha de la sangre de su madre..., carajo... Mire, voy a tratar de hablarle lo más claro posible. Pero conste que nunca le he dicho lo que le voy a decir, ¿está de acuerdo? Si se supiera por ahí sería el hazme reír del pueblo... A mi Julieta la quiero mucho, trae nuestra sangre en sus venas, y ella le tiene ley, joven, pero también quiere a un hombrecito como marido, un verdadero hombre, hecho y derecho, capaz de cumplirle, y cumplirle bien...

No es por desearle mala suerte, joven, pero mire que si no se pone abusado, la paloma se puede echar a volar para otro lado. ¿Me entiende?, irse a donde le ofrezcan nido... A la Julieta la han estado rondado un par de chamacos que darían lo que fuera por ganarle el mandado. A ellos si que me les he parado enfrente para quitarles de la cabeza la idea de andar tras ella, de llevársela, por las buenas o por las malas, para que me entienda. Nos ha costado trabajo cuidarla, pero también ella misma se ha cuidado, por usted...

¿Qué le parece?... No sé qué más decir, para mí que ya está todo dicho, y lo demás es cosa suya. Así pues, de aquí para adelante no respondo, conste... Usted dirá...; pero queda claro que sobre advertencia no hay engaño.

— ¡Híjole!, ya que me lo plantea así, pues, sí, creo que ya entendí... Si me diera un tiempo para juntar dinero..., para preparar la boda... o...

— ¡¿Preparar qué?!... ¡Ah, qué mi amigo!, con usted sí que es difícil conservar la paciencia. ¡No se me apendeje, hombre, que esto es para hoy!, ¡¿qué no se da cuenta de que lo que tiene que hacer es venir por ella y robársela?! ¡Róbesela, con un recarajo!, ¡róbesela, pero ya!...

II

— Tenías razón, vieja, qué buen marido le salió el Jacinto a la Julieta, dos años y dos varoncitos, uno tras otro; no le aunque hayan jalado para la capital... Cómo me hubiera gustado que se quedara a trabajar la tierra conmigo; pero qué le va uno a hacer, si son otros tiempos. Pero ojalá tengas el mismo tino con el zopenco que le has escogido a la Natalia. Para serte franco, me late como que está todavía más bruto que el Jacinto el día que tuve que convencerlo para que se fuera con la Julieta..., mi Julieta..., casi que pierdo la paciencia y lo agarro a machetazos para quitarle lo pazguato...

— ¡A propósito, Prudencio! ¡No se te vaya a olvidar dejar el machete cuando salgas! ¡¿Me oíste?!...

— ¡Si, vieja, ya lo sé, ya lo sé! ¡Ah, pero las cervecitas de rigor, esas sí me las tomo!, ya sabes que me ayudan a no perder la paciencia tan pronto, no fuera a ser, si no, que el chamaco este termine por sacarme de mis casillas...; espero no tener que tundirlo para que me entienda pronto...

III

– ¡Oiga joven!, qué bueno que me lo encuentro, hacía varios días que no lo veía por acá, por estos rumbos... ¡No, no se me espante!, no tenga miedo. Nada más quiero platicar con usted un par de asuntitos que tengo por ahí atravesados; después, si quiere, se va.

Diosa azteca

Juan Ignacio Ortega

Cuando cumplí veinte años, mi papá me regaló una moneda antigua: de un lado, mostraba el escudo de mi país; un águila devorando una serpiente, y del otro, una deidad femenina azteca, destazada y con los senos al aire. Se supone que es la diosa de la luna, dijo mi papá. Guárdala bien, en un lugar donde nadie la encuentre. Pensé que exageraba. Después de todo, eran solo 50 pesos de 1982. La tomé como amuleto y la cargaba a donde fuera. Me ayudaba a tomar decisiones, como la vez que resolví el examen de matemáticas de opción múltiple y saqué un ocho. O la otra ocasión en que me ayudó a elegir qué carrera universitaria estudiar.

Uno de esos días, mientras me encontraba esperando el metro en la estación Zócalo, una chica morena, de pequeña estatura, me sonrió entre la multitud. Yo me sonrojé, pero no le di mucha importancia. Al día siguiente la encontré en el mismo andén. Esta vez, me acerqué y me presenté. Mucho gusto, se limitó a decir. Yo intenté hacerme el interesante y comencé a hablar de muchas cosas insulsas. Ella permanecía en silencio, pero con una mirada que me decía: continúa, te estoy escuchando. Antes de irme, le pregunté si la encontraría al día siguiente ahí mismo. Ella asintió con la cabeza y me dedicó la más hermosa de las sonrisas.

Al tercer día la encontré esperándome debajo del reloj de la estación. La sorprendí con un ramo de rosas y la invité a tomar un café. Sin embargo, me aseguró que tenía poco tiempo. Yo le pedí que esperara. Saqué mi moneda y le ofrecí un trato: águila te vas; sol, vamos al café. Arrojé la moneda al aire y ella la agarró antes de que la pudiera atrapar. Se quedó muy seria. ¿De dónde sacaste esto? Me preguntó. Por alguna razón me sentí culpable. Retiré mi moneda de su mano despacio y le conté la historia que mi papá me había platicado: Esta es la Coyolxauhqui. Cuenta la leyenda que ella y sus 400 hermanos intentaron matar a su madre, Coatlicue, por embarazarse de un desconocido, pero de ese embarazo nació Huitzilopochtli, quien al otro día de haber nacido era ya todo un guerrero. Enfrentó a los 400 hermanos, los derrotó, le arrancó la cabeza a Coyolxauhqui y la arrojó al cielo. Así, nacieron las estrellas y la luna y se dice que el sol, representado por Huitzilopochtli, sale todos los días a derrotar a la luna en una batalla eterna.

Estaba seguro de haberla impresionado. Ella se me quedó mirando. Muy bien, dijo. Arroja la moneda y ya veremos. Impulsé mi amuleto con el pulgar. La moneda golpeó la orilla de la base del reloj de la estación, cayó al andén y rodó hasta llegar a las vías. Antes de que pudiera reaccionar, ella saltó tras la moneda. ¿Qué haces? Le grité, pero ella, con toda calma, la recogió para dármela. Le ofrecí mi mano para que subiera al andén, pero ella sonrió y comenzó a caminar hacia el túnel. No es gracioso, dije. Pedí ayuda a la gente a mi alrededor, pero nadie parecía percatarse de lo que sucedía. Siguió caminando y yo la seguí desde el andén. Hizo una pausa y me dijo: yo vivo aquí. Continuó caminando. ¡Tu nombre! ¡Dime tu nombre! Grité. Ella no volteó, pero escuché como en un susurro: Luna, me llamo Luna. Y se perdió en la oscuridad.

Me dirigía a la salida cuando recordé: ¿Luna? En la mitología azteca, la diosa de la luna es Coyolxauhqui.

Esencia animal

Ricardo Cuéllar Santín

Desde su interior, una rara sensación le hizo ver que, si seguía con lo que se había propuesto, lo lamentaría por el resto de su vida.

Sin embargo, algo mucho más fuerte lo empujaba a continuar, más poderoso que cualquier razonamiento o peligro. Pretendía entrar a hurtadillas a esa casa enorme hasta localizar a aquella mujer, imposible de apartar de su mente, sin aquilatar la magnitud del riesgo que corría.

Caminaba hacia un centro comercial cuando se la topó de frente. Ella salía con un acompañante de uno de los cafés más elegantes de la plaza. Hasta entonces, no sabía qué le llamó la atención. Es verdad, era muy guapa, pero mujeres hermosas había muchas en la ciudad.

Quizá fue su sonrisa, o una cierta sensualidad a la hora de caminar. O mejor, su aroma, casi imperceptible. No era el perfume que llevaba, sino su olor de mujer.

Como si poseyera dotes de alquimista, de manera inconsciente distinguió ese olor —su olor— del de los demás, como suelen hacer los machos en celo de algunas especies animales, aun a largas distancias de su hembra. Pero también parecía como si, muy a propósito, ese aroma lo hubiera desprendido ella especialmente para él, cuando las miradas de ambos se cruzaron.

Apenas acababa de cumplir los 17, pero su porte ya era varonil y apuesto. La mujer, si no erraba el cálculo, no tendría más de 23, aunque su elegancia y seguridad la hacían ver mucho más madura que el resto de las mujeres de su edad, algo que a veces se obtiene con el matrimonio: "Debe estar casada", conjeturó.

Como una reacción instintiva, en especial la de un macho dispuesto a conquistar a la hembra deseada, con rapidez asombrosa ideó un plan para saber más acerca de ella: la siguió.

Al llegar a la siguiente calle, la mujer se subió a un auto lujoso que la esperaba. Sin reparar en las consecuencias, él robó una bicicleta que se encontró a su paso, sobre la cual siguió al auto a lo largo de un par de kilómetros, pedaleando al límite de sus posibilidades para no perderle la pista.

Mientras iba tras ella, le parecía seguir percibiendo ese aroma que no le permitía pensar en otra cosa que en aquello que se había propuesto llevar a cabo.

A punto de perder de vista el vehículo, alcanzó a vislumbrar cómo daba vuelta a la derecha, sobre una avenida dividida por un camellón, poco transitada, y en cuyo final estaba la enorme casa que alguna vez le hubiera llamado la atención. Aunque tenía poco de haber llegado a vivir a esa pequeña ciudad, era imposible haber transitado por el lugar sin reparar en aquella elegante construcción.

Hasta el incidente de ese día, su vida había transcurrido de una forma normal, como la de cualquier joven de su edad. Incluso su sexualidad había sido, según pensaba, más o menos igual a la de los demás.

Sin embargo, parecía como si aquel aroma hubiera despertado en él algo que había tenido dormido dentro. El simple olor

108

logró excitarlo de una manera diferente a como lo hubiera hecho antes alguna otra mujer, revista o película erótica. Parecía que esa mujer despertaba la sensualidad de cada una de las células de su cuerpo y de su mente, perturbando su forma de pensar, de sentir… de percibir la vida… Ahora su deseo lo había trastornado.

Fuera de la casa, se acercó sigiloso para no ser visto. La noche comenzaba, tímida, a oscurecerlo todo. La mansión estaba cercada por completo. Por el frente, con una barda de metro y medio sobre la cual había una reja de barrotes gruesos que se alzaban a casi tres metros del suelo. Los costados y la parte trasera por una barda de tabique de esa misma altura. La puerta frontal era metálica, en un estilo *art nouveu* de buen gusto.

Escondido, esperó con paciencia a que la noche se aliara con su deseo, y con sus sombras. Aunque seguía percibiendo el aroma, este era cada vez más tenue, así que su excitación irrefrenable también fue mitigándose, hasta permitir que la razón volviera a imperar sobre sus deseos desbordados. Por eso, una vez que pudo pensar mejor, cayó en la cuenta de que lo que pretendía hacer era una locura.

A punto de marcharse del lugar, una luz se encendió dentro de la casa y otra más cerca de él. De nuevo pudo ver sin dificultad el jardín que separaba la barda de la casa. Esperó.

Más tarde, la mujer salió de la casa y comenzó a caminar por el jardín como si tuviera la intención de dirigirse hasta donde él se encontraba. Llevaba unas tijeras en una de las manos, y guantes en ambas. Nervioso, estuvo a punto de echarse a correr, pero prefirió esperar mientras que, sigilosamente, se agachaba lo más posible hasta casi quedar recostado sobre la acera para evitar ser visto, aun cuando su instinto le decía que la mujer sabía que se encontraba allí, al acecho. El aroma, ahora tan conocido y familiar, comenzó a penetrar sus sentidos nuevamente, pero en forma aún más intensa, clara y fuerte que antes. Ella se había bañado y con eso parecía que su olor era capaz de correr libremente y sin mezclarse con otro. Pronto, él volvió a sentir la necesidad de estar junto a ella.

La mujer se acercó hasta quedar a un par de metros de él, cortó algunas flores del jardín para llevar a su casa, esperó unos instantes y luego entró de nuevo.

En él, la razón desapareció de nuevo, por completo.

Decidido, saltó la cerca sin mucha dificultad y, precavido, se acercó hasta el borde de la ventana, ligeramente abierta por donde, calculó, podría entrar sin problema. Su imaginación se fue adelantando a los hechos y se vio a sí mismo acercándose a la mujer, extasiarse con su olor y luego poseerla como un macho bramando en celo.

En esos pensamientos estaba, cuando un ruido lo distrajo, y también el olor fuerte de dos animales que se habían dado cuenta de su presencia. Un enorme rottweiler y un feroz pastor alemán corrían hacia él. Al percibirlos, trató de huir hacia la barda más cercana, calculó que podría apoyarse sobre una de las ramas de un árbol para luego saltar, sujetarse del contorno de la barda y caer del otro lado sin problema. No sintió miedo, solo la adrenalina que lo ayudaba a ponerse a salvo. Pero la rama en la que se apoyó no soportó su peso, quebrándose estridentemente. Sin un soporte firme, no logró conseguir el impulso necesario para lograr su cometido y solo pudo llegar al borde de la barda con una mano, con la cual se quedó colgando, lo que dio tiempo para que uno de los mastines se abalanzara sobre él, sujetándolo de una pierna, que comenzó a tirar hacia abajo. Su instinto de conservación todavía lo hizo suponer que aun así podría levantar al animal, que seguramente lo soltaría una vez que lograra librar la barda. Pero, antes de que pudiera llevar a cabo su plan, el otro perro, con un gran salto, logró darle una tarascada cerca de la nalga y un tirón hacia abajo que terminaron por derribarlo al suelo. Trató de defenderse, pero los perros no dejaban de morder todo su cuerpo. De haber percibido en él un olor humano lo hubieran soltado de inmediato, para eso estaban entrenados, pero el olor que desprendía el muchacho era como el de cualquier animal en celo, lo que provocaba en los mastines la necesidad imperiosa de matar.

De una de las esquinas de la casa salió apresurado uno de los empleados con un palo en la mano, dando gritos para que los perros se alejaran del lugar. Había notado, sin duda, que atacaban a una persona. Sin embargo, antes de lograr que se retiraran, el pastor alemán clavó sus colmillos justo en la yugular del muchacho; hasta ese momento, el hombre que corría hacia ellos pudo quitarle a los perros de encima.

El chico no tardó mucho en imaginar que, para él, sería fatídico el desenlace y, resignado, cerró los ojos. Aun así, tuvo una clara conciencia de lo que pasaba a su alrededor. Escuchó unos pasos acercarse y supo con certeza que era ella. Su aroma seguía siendo para él inconfundible. A pesar de su estado lamentable, volvió a sentir una extraña excitación, que alteró su mente y nubló su razón.

La imaginó hermosa, dispuesta a recibirlo entre sus brazos, en un abrazo apasionado, animal. Por fin su razón, en un esfuerzo desesperado por regresarlo a la realidad, le hizo ver que no se había equivocado cuando pensó que, si iba tras ella, seguro lo lamentaría el resto de su vida.

Lo cierto era que el resto de su vida iba a durar tan solo unos segundos más.

La señora del rebozo

Juan Ignacio Ortega

Durante más de treinta años trabajé como fotógrafo de prensa. Me especialicé en nota roja; ya sabes, asesinatos, accidentes, muertos. Llegué a reunir más de medio millón de fotografías, entre negativos, transparencias y formatos digitales. Retirado, me visitó Marcela, una de mis amigas, y me convenció de participar en una exposición temporal. Es para que los jóvenes creen conciencia, me dijo.

Comencé a revisar pacientemente mi archivo. Cada imagen contaba una historia, una calamidad, una lástima. Mi primera opción fue una impresión en papel titulada Accidente en Carretera 1. Un grupo de jovencitos viajaban a exceso de velocidad en un auto deportivo. El conductor perdió el control en una de las curvas que desembocaba a un puente. El vehículo salió por los aires y aterrizó, haciéndose añicos, sobre el acotamiento de la carretera que pasaba por debajo. La imagen, a contrapicada, mostraba en primer plano un antebrazo sobre los hierros retorcidos. El resto eran sangre y cabello. Noté, por primera vez, la presencia de una señora con rebozo que observaba la escena sobre la parte alta del puente.

Seguí con mi tarea. Casi al terminar con mi archivo físico, me topé con una de las imágenes más desgarradoras que pude fotografiar: se trataba de una persona, aún con vida, extendiendo la mano hacia mí, pidiendo ayuda. El hombre, de unos treinta años, había pasado gran parte de la noche bebiendo con sus amigos. Al salir de la cantina se había quedado dormido sobre las vías del tren. La locomotora pasó sin detenerse y partió al hombre a la mitad. Lo que quedaba de él, se arrastraba con las tripas de fuera. Tomé la impresión tamaño carta y la acerqué a la luz de mi lámpara de escritorio. Detrás del torso viviente, junto a las vías, los vecinos estaban reunidos; hombres serios, mujeres persignándose o tapando los ojos de los niños. Y ahí, entre la muchedumbre, se encontraba de nuevo la señora del rebozo.

Continué con mi labor, esta vez en la computadora, para revisar las fotografías digitales. La señora del rebozo aparecía en una gran cantidad de lugares: de pie entre los mirones, detrás de los accidentes, a veces mirando a la cámara. Siempre en presencia de los muertos.

Cancelé mi participación en la exposición. No quería que alguien más notara la presencia de la señora del rebozo. Me pasé varios días buscando una explicación. Debe ser una de esas personas que buscan estar cerca de la sangre, solo por morbo, pensé. Pero ¿cómo explicar que siempre llegaba a todos los lugares antes que nosotros? Quiso el destino que, en una de mis caminatas nocturnas, mientras reflexionaba sobre el tema, me tocara presenciar un accidente más: un auto chocó contra un semáforo a pocos metros de mí; el conductor no llevaba puesto el cinturón de seguridad y salió disparado a través del parabrisas. Armado solo con la cámara de mi teléfono celular, me apresté a tomar fotos. La gente alrededor se agitó de inmediato. Algunos se acercaron al cuerpo tendido en el asfalto, otros comenzaron a indicar a los demás automovilistas que se desviaran, otros más hacían llamadas. Yo fotografiaba todo. Tomé tal vez cincuenta fotografías del lugar. En todas aparecía la señora del rebozo. Pero no se veía a simple vista. Me estremecí del espanto y me alejé de ahí lo más rápido que pude.

Cerré mi archivo. Intenté ver películas, leer o escuchar música, pero nada podía sacarme de la cabeza a aquella mujer. Nunca he profesado ninguna religión, así que rezar no era una opción. Desesperado, tomé mi celular y salí a la calle. Comencé a tomar fotografías de todo; a la gente, a los perros, a edificios, al cielo. En ninguna aparecía la señora del rebozo.

Llamé a Marcela para invitarla a comer. Se lo debía. Fuimos a un restaurante a un costado del Parque México, en la Condesa. Le conté sobre la señora del rebozo. Incluso le mostré fotos. Esperaba que se burlara, pero se limitó a mirarme muy seria. ¿Y bien? ¿Qué opinas?, pregunté. Tal vez es coincidencia, contestó. No, es algo más, aclaré. Solo aparece en las fotos. Marcela tomó un sorbo a su café y concluyó: Tal vez te está siguiendo.

Pasaron algunos días y decidí unirme a mis viejos colegas en uno de sus recorridos. Era casi el amanecer cuando llegó un llamado: habían localizado un cuerpo en el Río de los Remedios. Cuando llegamos al lugar, varias personas jalaban el cuerpo a la orilla. Permanecí a una distancia prudente y saqué mi celular. Me tomé una fotografía y junto a mí, apareció la señora, con el rostro cubierto por el rebozo y acariciando mi rostro con una de sus manos descarnadas.

116

El Tiejo

Ricardo Cuéllar Santín

Su caminar tardo y dificultoso no tenía que ver con el pesado talego que llevaba a cuestas, con aquella carga que transportaba sobre la espalda cuando iba o regresaba del mercado donde solía vender su mercancía, sino con el peso de los años, que lo hacía desplazarse con obligada y sinuosa parsimonia.

El Tiempo se había convertido en la carga que más trabajo le costaba transportar; mucho más que el peso acumulado de esas bolsas de aretes, anillos, diademas, pulseras, adornitos para la ropa, pomada y cremas baratas, collares y mechones de diferentes colores de pelo artificial que llevaba dentro de su saco de manta para la venta. El Tiempo acabó por ser un inseparable compañero que, a fuerza de los años, terminó por cansarle. Por las noches se acostaba con él, y por las mañanas lo obligaba a despertarse, aunque casi siempre despacito, al escuchar hablarle quedo, con una vocecilla que parecía llegar desde muy lejos, siendo que en realidad emanaba desde su interior.

Como fuera, una vez despierto, el viejo no encontraba ganas para quedarse en la cama, y trabajosamente procuraba ponerse de pie para vestirse. Luego comía cualquier cosa, lo que tuviera a la mano: una fruta agria, un pedazo de pan frío, una tortilla dura, un jarro con café amargo o uno con atole espeso, un vaso de refresco, lo que fuera. Mientras, el Tiempo seguía empecinado en recordarle sus eternos dolores, ahora convertidos en martirio, alojados en los huesos, en la espalda, en las piernas… y en el corazón mismo. Luego, aún con los dolores encima, como si formaran una parte de su ser, se obligaba a entrar al baño, donde procuraba vaciar por completo vejiga e intestinos, porque no quería tener que entrar al baño público del mercado y volver a pescar otra fuerte infección, como tantas veces le había ocurrido. Luego, al poco rato, solía tomar de nueva cuenta su camino habitual.

En el trayecto se encontraba con gente que no conocía de sus dolores, aunque lo saludaban como si supieran de ellos. Al responder, el viejo pensaba:

¿Les bastará con verme pasar todos los días, saludarme y platicar un par de veces conmigo para decir que me conocen? ¿Para afirmar que acaso conocen mis dolores? ¿Será que yo también puedo decir que conozco los suyos? No creo. ¡Qué lejos estamos de hacerlo, aunque tomemos esto por verdad…! Al cabo de los años, ¿llegaremos a conocernos, siquiera nosotros mismos?

Aun pensando así, el viejo contestaba cada saludo, alimentando su propia esperanza de que, quienes lo saludaran, pudieran conocerlo...

Se repetía una y otra vez, para consolarse:

Cosas de la vida…

Suspiraba, y continuaba con su andar cansino rumbo la vendimia:

De seguro, aquel que no conozca el Tiempo que llevo a cuestas, metido dentro de mí, no puede conocerme; ni mis hijos. Quizá Mauricio. ¿Manuel y Alejandra?, ni pensarlo. Ellos no. Más me conocen quienes me saludan al pasar.

Hacía años que no se veía con dos de sus hijos. A veces, por boca de Mauricio, se enteraba de lo que hacían y de cómo les iba; pero nunca lo visitaban ni le hablaban por teléfono… Ni una carta siquiera recibía de ellos:

¿Será que el tiempo transcurrido desde que los "perdí" es el causante de mi dolor? El del alma —aunque el del cuerpo también—, que es intolerable. No estoy seguro de haber aprendido a vivir sin ellos, sin Josefina, no importa que Mauricio insista en lo contrario.

Mauricio solía visitarlo de repente, una o dos veces al mes, algún sábado o domingo. Aunque, si no lo encontraba en casa, sin entrar, tampoco iba a buscarlo al mercado, simplemente dejaba una nota para saludarlo, un billete tal vez, y un pesado bulto con los productos que mes con mes le llevaba para la vendimia. Luego, se marchaba. Esos días, cuando encontraba la nota, el paquete y el billete escondido entre alguna de las rendijas de la puerta, eran los que más le dolían al viejo, acaso tanto o más que el cuerpo. En especial porque no sabía cuándo regresaría su hijo a visitarlo de nuevo.

Por eso, sábados y domingos, mañosamente, tomaba todo con más calma. Se levantaba más despacio, se tardaba más que de costumbre en el baño y comía sin prisas. Incluso soportaba con más paciencia y resignación sus dolores, con la esperanza de que, en esos momentos, llegara Mauricio.

También había hecho la prueba de quedarse en casa algunos fines de semana cuando tenía la corazonada de que iría a visitarlo. Pero eso fue siempre contraproducente. Si Mauricio no llegaba, la soledad terminaba por dejarlo aún más triste y deprimido que si se hubiera enterado de la visita, aunque no se hubiera encontrado con él. El simple hecho de saber de su interés mitigaba un poco no haberlo visto. Pero, en casa, el día se le hacía eterno, y le ocasionaba una mezclada sensación de abatimiento y desamparo.

Sin mucho por hacer, si se acostaba, los recuerdos se reacostaban con él; si se levantaba, lo seguían por doquier. Y el

Tiempo, inseparable vigía, aprovechaba su soledad para atosigarlo: comenzaba a provocarle alucinaciones que, inevitablemente, lo hacían trocarse en niño otra vez.

Como niño, se imaginaba escondido junto con alguien más, dentro de algo, ¿un armario? Un mueble tan estrecho que era casi imposible que cupieran ambos. Luego entendía que su compañero de juego era el mismo Tiempo que, tratando de estar cómodo en un espacio tan pequeño, le encajaba los codos y las rodillas, y que al cabo de un rato le provocaba una incomodidad intolerable, pero también dolor. Entonces se le ocurría golpearlo, apuñalarlo o cualquier otra cosa para alejarlo. Pero ¿cómo iba a poder hacerlo si se encontraba dentro de él?

Más tarde, al cabo de las horas, muy fatigado, optaba por tirarse en su cama, donde indistintamente se quedaba dormido, entrando en un sueño profundo y reparador.

Despierto, y un poco más tranquilo, solía meditar:

No creo tardar mucho en comenzar a convertirme en el ser sombrío que debo llevar dentro. No sé si será un demonio, o mi conciencia dispuesta a hacerme pagar uno a uno los pecados cometidos a lo largo de mi vida. O tal vez simplemente los años, que comienzan a jugarme una mala pasada.

A veces, haciendo uso del humor negro que lo caracterizaba, le platicaba a Mauricio la inquietud que lo aquejaba:

Ten por seguro, Mauricio, que terminaré siendo repulsivo y aterrador. Seré como una atracción de circo, y me tendrán que poner un nombre llamativo: El Viejo-Tiempo, o tal vez El Tiempo-Viejo..., o El Viempo... o mejor aún, El Tiejo. Sí, esto último suena mejor, El Tiejo.

Mauricio se molestaba cuando lo oía hablar así y optaba por arreglar un poco la casita donde moraba su padre, dando a entender que no estaba dispuesto a escucharlo siempre que volviera a tocar esos temas, el de su vejez, pero especialmente el de la transformación que, decía el viejo, estaba comenzando a tener.

Por eso, cuando la indiferencia de Mauricio fue absoluta y se dio entre ellos un silencio sepulcral, el viejo fue dejando de lado sus pláticas sobre "el proceso de convertirse en El Tiejo", e inició nuevas pláticas, pero ahora su interlocutor sería quien llevaba dentro de sí.

A tal grado llegó a creer en "eso" que lo habitaba que, un día, sin percatarse comenzó a imaginar que tenía comunicación con él:

— *Pero... ¡qué locura!, nunca se me había ocurrido algo tan ridículo con alguien a quien no conozco...*

— *Bueno..., quizá, después de todo, no sea tan mala la idea... Al fin y al cabo lo tendré en cuenta... Solo como mera posibilidad.*

— *¿Qué puedo hacer si él insiste en permanecer conmigo, incluso más que cualquier otra persona con las que suelo tratar?*

Tiempo después, fiel a la "mera posibilidad" de comunicarse con él, un día se le ocurrió, tímidamente, hacerle una invitación a que caminara con él de su casa al mercado y luego, si quería, de regreso también. Trató de hacerlo despreocupadamente, un lunes de mayo mientras pronunciaba las palabras a cuentagotas, muy quedito, y titubeando:

—*Mira...* —le dijo— *si quieres, puedes acompañarme al mercado...*

Apenas pronunció lo anterior, cobró conciencia de lo que hacía y se sintió ridículo, avergonzado... demente. A pesar de ello, sintió la esperanza de poder escuchar una respuesta, o al menos una atronadora carcajada:

No puede ser que se me ocurra algo tan descabellado. Bueno..., pero no me refiero a ti. Sé que estás allí, dentro, aunque intentes hacerme creer lo contrario. Lo que no entiendo, es por qué se me ha ocurrido invitarte si, de todas formas, irás tras de mí, o mejor dicho, junto a mí. ¡Qué estupidez!

Al día siguiente el temor a ser un viejo ridículo se atenuó, así que volvió a invitarlo de nuevo, pero con mucha más seguridad que antes. Incluso, para entrar en confianza, se atrevió a revelarle uno de sus secretos:

Las bolsas de plástico con crema las relleno procurando hacerles una burbuja de aire para que parezcan llenas...; ¡ah! ¿te has fijado cómo les pido el doble a las clientas para luego poder hacerles "un buen descuento"? Ese truco nunca falla.

Aunque el viejo consideró la posibilidad de que él ya supiera todas sus artimañas, no se inmutó por habérselas contado. Tampoco le importó que la gente lo hubiera visto platicar supuestamente solo por la calle, o en el mercado, y que soltaran una disimulada sonrisa creyéndolo loco o senil. No le preocupó, pues nunca antes había tenido tanta consciencia de sí mismo y de su realidad, ni tampoco de lo que comenzaba a significar para él su cada vez más real acompañante: una cosa era hablar solo, para sí, algo que jamás habría hecho, y otra platicar con un amigo, ¡faltaba más!

A partir de ese día, con cada vez más frecuencia se dirigía a él, y lo hacía como quien habla con un antiguo conocido, o con un huésped a quien se quiere atender con deferencia y cortesía.

En la calle, en el mercado, y a donde quiera que fuera, se le veía gesticular, hacer señas en el aire, conversar con algo, con alguien, consigo mismo. A la mayoría de la gente le divertía su actitud, y a pocos llegaba a preocuparles, aunque a él no.

Cualquiera hubiera pensado que aquel viejo sufría de Alzheimer o de alguna otra enfermedad parecida. Pero no era verdad. El viejo entendió que su huésped (¿por qué no se dio cuenta de ello antes?) era el amigo que siempre le hubiera gustado tener. A esas alturas de su vida, le era necesario comenzar a hacer el añorado recuento de sus días, y esa compañía era una oportunidad para rememorarla con alguien a su lado.

Así que, en un franco intento por estrechar lazos, el viejo comenzó por contarle aquello que recordaba sobre el nacimiento de su segundo hijo, Manuel:

— *Fue en esa época cuando más pobre he sido... Mi esposa, Josefina, estuvo a punto de morir en el parto...*

Aquel recuerdo lo platicó entrecortando las palabras, y titubeando, continuó:

— Los gastos médicos se multiplicaron... Por si fuera poco, me despidieron del trabajo. Traté de robar en la empresa algo de material para conseguir dinero... lo necesitaba para ir saliendo del paso, solo mientras libraba ese atolladero; fue mucha ganancia que no me metieran a la cárcel. La desesperación terminó por desbordarme; no supe qué hacer para manejar la situación. Mi incapacidad me empujó a evadir el problema. El poco dinero que me caía en las manos me lo gastaba en tragos que me dejaron en la indigencia y la mendicidad...

El viejo detenía por momentos su relato y aguzaba su atención sobre cualquier señal que pudiera provenir de su interior. Pero, como respuesta, solo volvía a sentir la incomodidad y los dolores de siempre. Luego, se ponía triste cuando recibía nada como respuesta. Entonces agachaba la cabeza y se quedaba callado, resignado, dejando pasar las horas para que se hiciera tarde y fuera tiempo de regresar a casa. De noche, al acostarse, le hablaba de nuevo, pero solo para despedirse de él, y desearle que durmiera bien.

Después de días, o semanas, de continuar igual, lo descabellado del asunto pareció comenzar a rendirle algunos frutos. Y es que entendió que, cuando comenzaba a platicar con él, y lo sentía mucho más cerca de sí, los dolores menguaban.

— Ni los ruegos de mi mujer, por medio de cartas, ni las súplicas de mi suegra pudieron hacerme recapacitar. Seguía emborrachándome, día tras día. Parecía no importarme nada. Dormía en las calles, en los mercados, en las estaciones de autobús, donde fuera. Nada parecía tener sentido ni remedio, sino hasta que sucedió el milagro. Aquel milagro que me unió desde entonces con Mauricio: el abrazo de mi hijo de tres años hizo que retomara de nuevo el camino bueno de la vida… Hasta antes de ese día, nada parecía haber tenido sentido...

Algunas lágrimas corrieron por su rostro, y su huésped también parecía estar llorando con él. Luego le vino un nuevo dolor cuando uno de sus clientes intentaba llamar su atención para que le enseñara uno de los productos que tenía sobre una tela puesta sobre el piso. Pudo hacer la venta, pero eso mismo también ocasionó que su amigo volviera a refugiarse hasta lo más recóndito de sí. Como no quería que eso volviera a pasar, al día siguiente recogió muy temprano su mercancía y regresó a casa pronto, a pesar de que era la mejor hora del día para la venta. No se despidió de nadie; tampoco le importó mucho no haberlo hecho. Pero, desde ese día, ya no se sintió tan solo en casa y estuvo a gusto hasta que se durmió. Para entonces, el saludo matutino entre él y a quien comenzaba a llamar Tiejo, se había convertido en costumbre, y la intermitencia entre sus visitas y los dolores casi fueron uno.

Pero, ante la creciente burla de la gente, decidió no platicar más durante el camino al mercado ni mientras estuviera en él. Era mejor hacerlo al cobijo de la confianza que le prodigaba la soledad de su morada:

— *He llegado a pensar, ¿sabes?, que el abrazo espontáneo de mi hijo aquel día me hizo sentir el peso de mi irresponsabilidad. Creo que sus brazos fueron como una puerta por donde entró hacia mí la razón...*

Es cierto que, con frecuencia, el viejo entendía que la existencia del Tiejo podía ser producto de su mente senil; pero también es verdad que lo sentía como una necesidad: la de tener alguien junto a él. Por eso se alegró cuando, una tarde, mientras descansaba tranquilo recostado sobre su cama, fuera el Tiejo quien, de pronto, retomara el hilo roto del relato de su vida:

— *Tuviste que hacer acopio de una voluntad férrea para poder salir del hoyo, lo recuerdo bien...*

El relato cesó, pues al viejo le dio miedo seguir escuchando aquella voz lejana y cavernosa, aunque sabía que en realidad procedía de su interior. Confundido, se levantó y comenzó a ocuparse de cualquier cosa, con tal de olvidar el incidente. No obstante, sin que él lo hubiera querido así, al otro día la plática volvió a reanudarse.

Entonces, sin prisas, entre ambos fueron recordando los momentos cuando, de niño, maquinaran una y mil travesuras mientras transcurrían los años gratos de su primer ciclo escolar. A intervalos, viejo y Tiejo acaparaban la palabra para relatarse mutuamente el siguiente periodo de su vida.

Si no hubiera sido porque necesitaban lo poco que ganaban en el mercado, habrían faltado a su trabajo por siempre.

Un día, tal vez porque era sábado, Mauricio llegó de visita. El viejo estaba tan a gusto platicando con su amigo, que no quiso atender los llamados de su hijo. Hasta se alegró cuando vio deslizarse por debajo de la puerta un trozo de papel donde se leía lo de siempre: "Papá, viene a buscarte, regreso otro día. Saludos. Mauricio".

Por la noche, probablemente por haber estado dormido, —nunca supo si había sido un sueño o no—, sintió que el Tiejo, cual cómplice, reía con él por la travesura.

Mauricio no regresó en al menos dos semanas, lo cual el viejo agradeció enormemente. Dejó de ir al mercado a realizar sus ventas, pues días atrás se había procurado la suficiente despensa para faltar un tiempo. Comía muy poco y eso le ayudaba a ahorrar en alimentos; no tenía más por qué preocuparse. Antes, su vida transcurría en moverse de un lado a otro, ir al mercado, ver a Mauricio o lo que fuera, todo con el propósito de evadirse, no sabía si de la realidad que lo asediaba, o de los dolores cada vez más insoportables, en especial aquellos que le alteraban el alma. Pero ahora todo era diferente, el Tiejo, su mejor compañía, solía quedarse con él, así que ¿para qué salir? De no ser necesario, jamás volvería a hacerlo.

Así, los amigos fueron recorriendo sin prisas todo aquello que ambos querían platicarse. Sin preocupaciones encima, hacían los recuentos largos y detallados, con el propósito de que no terminaran jamás.

El tiempo transcurrió, y el viejo logró sentirse más cómodo y relajado. Pero, un día, al darse cuenta de que nada más les quedaba un único recuerdo por contarse, cada uno sintió un miedo inenarrable, un temor provocado por un extraño vacío al cabo del cual no quedara quizá nada en común entre ambos: ¿Qué pasaría si después de la "última" historia, el Tiejo tuviera que irse y los dolores se posaran en él de nueva cuenta, y fueran aún más intensos?

Si el resto de las historias las habían narrado despacio, sin prisas, alargándolas lo más posible, con la última lo hicieron todavía más. Pero antes tuvieron que ir de nuevo al mercado a ganarse un poco de dinero para recargar la despensa. Dos o tres veces fue a visitarlos Mauricio, pero en una de ellas optaron por no abrirle la puerta. Las otras, lamentablemente, tuvieron que aguantar su compañía, deseando en cada momento que se despidiera y saliera de ahí cuanto antes. Hablar con Mauricio ya no era lo mismo que en el pasado.

Un día, la historia llegó irremediablemente a su fin cuando el viejo comenzó a relatar la forma como mató a uno de sus vecinos en una riña callejera. Nadie, ni su esposa, ni Mauricio mismo, sabía la historia, solo él. Por eso le sorprendió que el Tiejo le arrebatara la palabra para seguir con el relato, dando muestras de conocer palmo a palmo cada uno de los detalles del suceso.

Mientras le hacía el recuento de cada uno de los momentos de la pelea, el viejo volvió a experimentar lo mismo que cuando lo vivió: un temor angustiante de ser él, y no su contrincante, quien perdiera la vida.

A intervalos que duraban solo instantes, los dolores se iban y regresaban, alternándose con el deseo de conocer el final de aquella historia.

Se sorprendió al darse cuenta de que no era él, ni el Tiejo, quienes terminaban de contar la historia, sino ambos, al mismo tiempo y a una sola voz. Acababa de sentarse a la mesa y se dio cuenta también de que la imagen del Tiejo ocupaba la silla del lado opuesto. Le impresionó verlo porque, contrariamente a lo que hubiera pensado, casi no se parecía a él. El Tiejo era un ser

grotesco, deforme, opaco, sombrío, aterrador; un ser que seguramente, en otro tiempo, le hubiera provocado terror, pero ahora
no. Ambos se vieron fijamente a los ojos, mientras encontraba
cada uno en el otro expresiones inequívocas de complicidad.

No les fue necesario emitir palabra alguna para comprender lo que, al mismo tiempo, ocupaba sus mentes, y que ambos
habían decidido: mientras dormían, se irían juntos a un lugar lejano donde por fin podrían olvidarse de aquellos insufribles dolores, que no querían seguir soportando.

Hechicera

Juan Ignacio Ortega

Huyamos juntos, le pedí (a la bruja).
Beberemos sangre de cordero.
Comeremos cabezas de gallinas negras.
Jugaremos a los maldecidos.
Cantaremos bajo la luz sangrante de la luna.
Nos revolcaremos entre las zarzas.
¡Bailaremos desnudos invocando a Satán!
Pero ella tomó su abrigo Vince Camuto,
su bolsa Louis Vuitton, subió a su Mercedes Benz
y se perdió en la noche.

130

La comodidad de morirse

Ricardo Cuéllar Santín

Seguro que el féretro en el que estoy metido es de los más acogedores que se hayan construido para el ser humano. Quién más que yo para decirlo si me siento cómodamente recostado en él. Aunque por fuera no haya podido verlo, porque cuando me pusieron dentro, ya estaba muerto.

Aquí dentro, además, he perdido la noción del tiempo. Tal vez hayan pasado solo algunas horas desde que dejé de respirar. Sin embargo, como me siento, pudiera pensarse que aún estoy vivo. No es difícil suponerlo, ya que sigo percibiendo las voces de quienes han de estar velándome. El olor de las velas encendidas confirma mi suposición y el llanto de las personas que se acercan al féretro no deja lugar a dudas. Aunque no sé por qué no lo han destapado para verme. ¿O será que soy yo quien no he podido verlos? Ha de ser así porque tengo cerrado los ojos. Haberlos dejado abiertos hubiera sido inconveniente. La mirada de un muerto produce repulsión y hasta miedo. No obstante, si supieran lo bien que me siento, pensarían de forma diferente y dejarían que yo también intercambiara una que otra mirada con ellos. Así podrían interpretar mi tranquilidad y sosiego.

Confieso que antes me daba miedo morir. O, como dicen, dejar de existir. Pero, qué duda cabe: aún existo.

De haber sabido que después de todo la muerte es tranquila y apacible, yo mismo hubiera adelantado mi deceso. Las circunstancias en las que vivía eran prácticamente insoportables: mi economía estaba por los suelos, mis relaciones sentimentales eran un caos y cursaba una enfermedad muy dolorosa; según los médicos, terminal. Sin embargo, seguía aferrándome a la vida, haciendo lo que estaba a mi alcance porque quería seguir viviendo.

Al poco tiempo de haber muerto, lo que recuerdo es que hubo una desconexión casi total con el exterior: no puedo recordar nada de ese momento. Entonces, comencé a percibir un dolor y una consciencia tan tenues y difusos, como si mi mente y mi cuerpo hubieran regresado de algún lugar que no puedo recordar. Para entonces, mi percepción ya no era igual que antes. Las sensaciones de mi cuerpo fueron desapareciendo poco a poco, mientras que, increíblemente, la agudeza mental se incrementaba de manera proporcional. Era tan claro todo.

Luego emergió una consciencia muy nítida de lo que ocurría a mi alrededor y de lo que había significado la vida para mí.

Lo que aún no recuerdo es la forma en la que morí. Muy probablemente fue cuando mi mente se venció ante la vida, después de que el cuerpo hubo sufrido algún percance físico debido a mi enfermedad; es decir, dejó que mi cuerpo se desconectara para dejarme ir, tal vez intuyendo que podría alcanzar la tranquilidad esperada, como en la que ahora me encuentro.

Pero ¿cómo hacerles saber a los demás de este confort que me cobija ahora?

No sé cuánto habré estado aquí, pero, incluso sin poder moverme, mi cuerpo no se ha cansado. Más aún, sigo sin sentirlo. En realidad tampoco me preocupa no hacerlo, porque no es incómodo, y sí muy relajante, ya que ahora es muy poco probable que alguna de sus partes me duela, se incomode o, siquiera, me produzca comezón.

Lo único que me gustaría es no haberme quedado con los ojos cerrados; o, por lo menos, poder abrirlos. He hecho el intento de mover los párpados, pero no tengo control sobre ellos.

Otra cosa que me preocupa es saber si más tarde habrá de darme sueño o hambre. Sueño para poder variar esta mi condición de consciencia mental, extremadamente lúcida, pero sin la posibilidad de incidir en mi cuerpo. O saber qué es lo que tendría o podría hacer en caso de tener que alimentarme. ¿O será que mi cuerpo es lo único que está muerto, y a lo mejor a punto de estar putrefacto, pero mi mente no? ¿Será el alma entonces lo que aún tengo viva, y de ahí la clara consciencia de lo que ocurre conmigo y a mi alrededor?

Para ser honesto, nunca creí que pudiera existir una alma dentro de los seres humanos. Por lo menos no desde un punto de vista religioso. Esa cosa, rara decía yo, que nos hacen creer que, una vez muertos, habrá de subir a los cielos y llegar hasta la presencia de un ser divino, de Dios. Aunque confieso que, ahora, no pierdo la esperanza de que ocurra así, y que esto que me permite pensar con claridad en algún momento abandone mi cuerpo, por demás inútil, e inicie su camino hacia un lugar que he comenzado a imaginar.

Precisamente ahora, también percibo que están levantando el féretro, de seguro para llevarme hasta la tumba. Tampoco sé si habré de acostumbrarme a esta incapacidad de la que ahora me doy cuenta de que adolezco: la de poder medir el tiempo. A veces me da la impresión de que han pasado eternidades, pero luego confirmo que solo son horas, o escasos días, si acaso, los que he permanecido aquí, en este lugar sobre el que no puedo dejar de repetirme que resulta extremadamente cómodo y acogedor.

Ahora percibo que acaban de colocarme en el fondo de una fosa y que comienzan a cubrirme con tierra.

Debo confesar que, solo pensarlo, me produce miedo, que podría convertirse en terror, pero creo que esas emociones tendrían que desaparecer en cuanto logre salir de aquí. Porque, por más que por ahora me siga sintiendo cómodo, no me gustaría prolongar esa comodidad, lúcida e inteligente, si tengo que permanecer así eternamente.

Panteonero

Juan Ignacio Ortega

La gente cree que estoy loco, porque les digo que puedo ver a los muertos, que hablo con ellos.

Trabajo y vivo en el Panteón Municipal; limpio las lápidas, barro las hojas secas, corto el pasto y ayudo a cavar tumbas. Aquí, conocí a mis mejores amigos, y hoy quiero hablar de cada uno de ellos.

Josefa Martínez (1785-1832). A Doña Josefa le gusta platicar mucho; me cuenta de sus tres esposos, de sus hijos desalmados y de cómo murió sola y en la miseria.

Hipólito Jacinto (1862-1912). Con don Hipólito paso el rato leyendo el periódico. Se maravilla con los adelantos tecnológicos de nuestra era, pero se entristece cuando llegamos a la sección de nota roja. Lo que nunca cambia, me dice, es la maldad del hombre.

Antes de visitar mi capilla favorita, me lavo la cara, cepillo mis dientes y me peino. Y es que ahí, me espera.

Rosario del Valle (1936-1960). Una joven hermosa y amable. A Chayito, como le digo de cariño, le gusta jugar a que está viva;

corremos colina arriba, decimos adivinanzas, fingimos tomarnos de la mano. A veces, llevo mi guitarra y le canto canciones de amor, mientras ella me mira con sus ojos transparentes, llenos de pasión.

Para principios de noviembre, el panteón luce impecable. Se espera la visita de cientos de familiares de los difuntos para la celebración del Día de Muertos. Muchos llegan desde temprano; llevan flores, comida y bebida. Al anochecer, el camposanto se ilumina con la luz de las velas.

Un bebé está llorando. Se trata del nuevo integrante de una familia muy numerosa. La mamá y las tías intentan calmarlo, en vano. Lo que ellas no ven es a su pariente difunto que se acerca y comienza a hacer gestos frente al infante. El crío se calma y una de las tías exclama: don Juan ya debe estar entre nosotros. Los demás sonríen y continúan con su tertulia.

Más adelante, una señora con rebozo platica amenamente con su hermana muerta. Ha llevado una canasta con tacos, un par de refrescos en vidrio y chiles. Ríen al mismo tiempo. Cuando me acerco, voltean a verme. Muevo mi mano en el aire y las dos me devuelven el saludo. Es bueno saber que no soy el único extraño.

Después de mi recorrido, me reúno con Chayito. Este año nadie ha venido a visitarla. No sé qué decirle. Siento su tristeza y la animo para que caminemos juntos. Me siento raro, porque Chayito ha olvidado mover las piernas. Flota a mi lado con los brazos cruzados. Pasamos junto a un grupo de personas que ríen a carcajadas. Me invitan a cenar. Traen tamales calientes y champurrado. Cerca de ahí, los mariachis interpretan Dios nunca muere.

Cuando volteo, me doy cuenta de que Chayito platica amenamente con el difunto de la tumba donde nos encontramos. Es un joven de buen ver y me molesta que le esté sonriendo. Ahí me doy cuenta de que estoy enamorado. De una muerta.

Agradezco a mis nuevos amigos y le pido a Chayito que nos retiremos. Trato de sacudirme el enojo. La música sigue en el aire y hago un ademán de tomar a Chayito del talle. Baila conmigo, le digo. Y por un momento mágico, siento el calor de su mano en mi mejilla, el perfume del cempasúchil en su cuello y su sonrisa en mi alma.

El frío comienza a calar los huesos de los vivos. Una ráfaga de viento apaga las velas. La oscuridad nos rodea. Ya no hay cantos, solo miedo. Las almas de los muertos resplandecen y comienzan a elevarse hacia el Cielo. Chayito me mira angustiada, mueve la cabeza de un lado al otro. Ya no habla. Solo me mira, y estira sus brazos como queriendo llevarme…

José Gutiérrez
(fiel cuidador del Panteón de San Lorenzo)
1990-2022

140

La montaña

Ricardo Cuéllar Santín

Había una vez una montaña, vieja, poderosa, gentil y bella, que muchas veces había oído hablar de unos pequeños e insignificantes seres –como hubiera dicho el mar– pero, a la vez, valiosos para el sol y la luna, para los astros, el viento y la lluvia, quienes hablaban maravillas de ellos.

Curiosa como era, un día la montaña se propuso hacer lo que estuviera de su parte para conocerlos, así que ideó un plan y trazó un sendero lo más hermoso que pudo, lo suficientemente encantador para que los diminutos seres se interesaran por él. Siguió el consejo del sol y de la luna, de los astros, del viento y de la lluvia, y lo pintó de tantos verdes como su imaginación fue capaz. Además, permitió que un arroyo corriera a su lado, y lo adornó, también, con cuantas especies de flores y árboles pudo echar mano, y al cabo del tiempo su esmero –parecía– le iba a dar el fruto anhelado: una mañana, luego de una paciente espera, pudo ver por fin a ese par de seres que respondían a la descripción que hubieran hecho de ellos el sol y la luna, los astros, el viento y la lluvia.

Sin embargo, al verlos de cerca, la montaña comenzó a trepidar de risa: en realidad eran insignificantes; y su aspecto, raro e indescriptible. "Seguramente me habrán tomado el pelo" se dijo a sí misma dudando, al tiempo que comenzaba a estar segura de que, en efecto, el sol y la luna, los astros, el viento y la lluvia, le hubieran jugado una broma de mal gusto, o por lo menos estuvieran perdiendo, cual más cual menos, la razón, la cordura y el juicio. "Será el efecto de los siglos", concluyó diciendo gentil, y resignada.

No obstante, cuando estuvo a punto de dar por terminado el asunto, sintiéndose defraudada y con desilusión, de pronto comenzó a estremecerse por lo que, a su vez, había conmovido tanto al sol y a la luna, a los astros, al viento y a la lluvia, al darse cuenta de que, aquellos seres, se amaban. Logró saberlo por la forma en la que entendió podían comunicarse, tocarse, acercar sus labios, comprender que el uno por el otro estaría dispuesto a dar la vida... y entonces, entendió al sol, a la luna, a los astros, al viento y a la lluvia.

Y, de ahí en adelante, la montaña se propuso hacer aquello que estuviera de su parte para que, arropados por sus mantos, a sus pies, hubiera muchos más encuentros entre un hombre y una mujer.